LA REBELDIA DE UN HOMBRE BUENO

Santiago Navas Fernández

ISBN: 13: 978–84–090–2307-3

LA REBELDIA DE UN HOMBRE BUENO

por Santiago Navas Fernández

CAPITULO 1

"Cuando eres joven confundes una amistad más intensa, un deseo pujante y juvenil, con el ardor amoroso. Una buena relación aderezada con ciertos matices de intimidad y coronada de imágenes idílicas creadas por la mente del individuo que las siente, da como resultado el enamoramiento. El cauce te lleva, o te dejas llevar, hacia un cúmulo de sucesos que se convierten en la formación de lo que llamamos *"familia"*. Nuestra sociedad está basada en esa unidad de medida. Cada paso del individuo está supeditado a la creación de un núcleo que se convierte en la base del flujo social y económico. Por eso algunos, cuando analizan detenidamente el pasado, descubren con sorpresa que la vida les ha supuesto un fracaso, jalonado de renuncias. Y así comienzan un triste camino de amargos rencores al no poder ya volver atrás. Igualmente, los matrimonios fracasan al reconocer cada uno de sus miembros, que su felicidad no estaba en esa pareja, o que ni siquiera deseaban una pareja estable o a lo mejor, del sexo contrario. Pero la vorágine social es impasible a estos sentimientos y regresar a un estado anterior para recuperar la individualidad, es ya imposible. La propia familia, los hijos, la aceptación general, las costumbres son algo con un peso tan excesivo, que impide que llegue a desarrollarse esta idea liberadora en la mayoría de los casos. Como meros elementos productivos, la presión laboral provoca un desencanto personal que se diluye en la impotencia que siente el sujeto al no saber resolver su frustración y redirige sus pasos hacia el consuelo que supone el consumismo. Una aparente felicidad inunda sus sueños, los estereotipos y la publicidad le aportan el grado de alienamiento necesario para vivir consolándose a sí mismo con fugaces ilusiones. Muy pocos son capaces de enfrentarse a esta situación. Una inmensa mayoría se conforma con sentirse únicos en un mundo de iguales. En la sociedad–masa el sujeto reafirma su frustración mediante pequeños actos que, a su entender, le hacen distinto de los demás, justo cuando es su presencia dentro de ese resto–masa lo que le da la solidez necesaria como sujeto único e irrepetible, pues aislado no sabe qué hacer, ni qué decir, ni cómo conducirse."

Marcial daba vueltas a su cabeza pensado en el importante paso que había dado. Solitario ante una cerveza, se dejaba calentar por el sol flamenco de primavera. Acababa de salir del trabajo y, como cada día, se disponía a comer algo mirando los barcos pasar por el río desde la terraza del bar de Antonio, viejo amigo de la infancia, famoso por la cocina que llevaba personalmente su esposa, verdadero atractivo del negocio, una impecable cocinera que ya no cumpliría los cincuenta y generosa de carnes, con una alegría que impregnaba los platos de musicalidad. La situación personal de Marcial había dado un vuelco vertiginoso. No podía esperar demasiado del mundo que le rodeaba, pequeñas ilusiones momentáneas y pasajeras, la compresión de viejos amigos y la tranquilidad de vivir sin los condicionantes a que le sometió su ex, un montón de sueños sin realizar estaban varados en su regazo y nunca tocarían puerto. O tal vez sí, tampoco se sentía tan acabado como para renunciar a la felicidad, además según se decía, su espíritu no debía dar cabida a la desesperanza. El siguiente paso significaba una nueva ruptura, pero más radical. Retomar el viejo ideal de su juventud dormida, crear un espacio donde ser feliz y que todos a su alrededor lo fueran también. Atrás quedaba el fracaso matrimonial, el yugo soportado dócilmente tantos años. Una nueva vida se abría ante él.

Recordaba las peleas conyugales, que habían sido últimamente casi diarias. Marcial asentía dócilmente, aunque podía leerse en su rostro el enfado. Y con la cabeza gacha aguantaba el chaparrón cotidiano hasta que se hartaba, tanto que se veía obligado a responder. Entonces Susana, con un total desprecio personal por su marido, se daba media vuelta y salía de la habitación dejándole con la palabra en la boca. Lo que aún le ponía más colérico. Sin duda la actitud excesiva y totalitaria, a su forma de ver, de la esposa, tenía su origen en el fraude en que se había convertido el matrimonio, pero su desprecio constante provocaba una situación difícil de sostener. Su cultura y sus principios, la costumbre, la educación basada en el respeto a los demás, recibida en su juventud, impedía a Marcial reaccionar violentamente, como tal vez le hubiera gustado a Susana, pues así encontraría un verdadero motivo de queja, pero el hombre por el contrario, era comedido.

– Siempre le estas danto vueltas a todo –decía ella con evidentes muestras de un desánimo que se traslucía en violencia emocional.

Su matrimonio había sido como miles de otros matrimonios. La unión se santificó con el nacimiento de las dos niñas y luego del varón, aunque según afirmaba la esposa, éste había venido totalmente por culpa del marido, que se empeñó en buscarlo a su pesar, pues ella ya había renunciado a parir más. El único, aparte de la mujer, que en realidad sabía que pasó, era Marcial, que efectivamente reconocía querer un hombrecito con el que compartir experiencias y juegos, pero, según afirmaba, el embarazo había sido perfectamente consentido por su esposa. La suerte se decantó por un precioso vástago, a pesar de todo muy querido. Su matrimonio no funcionaba desde muchos años atrás, desde antes de que naciera la segunda niña, y era por culpa de la misma vida, que se empeñó en unir a dos personas de muy distinta forma de pensar en el fondo y en la forma. Una de esas uniones que tan comúnmente se dan pero que no superan normalmente la mayoría de edad conyugal.

Situémonos en el tiempo en el que transcurren los hechos, hace años, cuando el dinero de plástico era apenas un anuncio. Y el lugar, en un pequeño pueblo, en el cual y aunque el número de habitantes sea de unos pocos de miles, pero al igual que ocurre en un círculo social limitado, cualquier cosa que se sale de lo normal es noticia general, así, dar el paso que conduce al divorcio es más difícil, por cuanto que la presión sociológica de hacer lo correcto, inducida por parte de conocidos, familiares y resto de conciudadanos puede ser tan grande que aborte el intento ante las oscuras perspectivas que crea. El sujeto, hombre o mujer, así inducido por la propia angustia de su separación, se ve sometido a la presión de andar de boca en boca y es objeto de fantasiosas conjeturas sobre los secretos lazos con terceras personas. El ex marido se convierte en un héroe para unos y en un apestado del que rehúyen las mujeres que se consideran "decentes" para otros, mientras la ex esposa es objeto de miradas lujuriosas y comentarios socarrones. Por eso resulta tan difícil y se aguanta y se soporta la situación hasta el límite. Cuando no, ciertos intereses particulares desaconsejan o impiden la denuncia del vínculo. La ruptura no se produce por fin, más que cuando efectivamente aparece la tercera persona en cuestión o los malos tratos y a veces ni aún así. En la ciudad anónima y cosmopolita, la situación es algo más sencilla, pues el vecino suele ser de más o menos confianza, pero nunca ejerce esa presión social tan fuerte y un cambio de barrio puede solucionar los cuchicheos de las gentes.

Susana Laínez había visitado la Universidad, aunque no acabó ningún estudio adquirió un nivel cultural suficiente para moverse sin complejos en cualquier círculo social o profesional en su entorno. Su padre era un destacado directivo de una importante empresa naviera con sede en la capital, que había "dado estudios" a cada uno de sus ocho hijos, cinco varones y tres hembras, gracias a sus notables emolumentos. Entre las hijas siempre hubo una cierta rivalidad por destacar y triunfar en la vida. Su educación se basaba en crear señoritas respetables y ejemplares que casasen con muchachos prometedores, honrados y trabajadores al gusto del padre, sólo la intervención de la visionaria madre consiguió que pudieran estudiar para así tener una base cultural con la que aspirar a algo más. La educación de los varones se inclinó más por crear triunfadores sociales que casasen con perfectas esposas que los sostuvieran.

De jovencita Susana, era una muchachita dulce y hermosa, ¡cuál no en torno a los veinte años!, que se movía en los ambientes de la alta sociedad de su pueblo natal. Conseguido el bachillerato, se apuntó a la Universidad e hizo tres primeros cursos con escasa proyección, Filología Griega, Filosofía y Literatura Española; luego buscó un trabajo que, gracias a las amistades de su padre y a un hermano mayor, encontró en la administración municipal, en aquellos tiempos que bastaba con un buen empujón para entrar. Nunca recorrió despachos ni antesalas portando un currículum o una solicitud de empleo, nunca supo qué eran los nervios de una oposición, le valió un solo avalista o dos para encontrar un puesto de trabajo cómodo.

– ...pues mira, yo creo que el que no trabaja es porque no quiere. Porque es un vago y ya está –argumentaba en una de esas reuniones de amigas de su círculo más íntimo.

– Susana, mujer, yo no creo que todo el mundo sea así. La suerte también tiene mucho que ver.

– Mira Azucena, tú siempre has sido muy condescendiente con los vagos, pero yo te dio que si se quiere, siempre se encuentra una tierra que cavar, una casa que limpiar o unos ladrillos para colocar, eso siempre, si no hay nada mejor...

– Bueno, eso lo dices tu ahora pero ¿lo harías?

– ¡Toma, pues claro! Si hace falta, claro que lo hago –y algunas le daban la razón y otras se reían sabedoras de cómo había encontrado su trabajo Susanita.

– Pues mira por dónde, díselo a ese que viene por ahí. Es tu amigo Marcial ¿no? –Susana le conocía desde niño, todas se volvieron a mirarlo.– Por cierto, que se ha puesto cañón el tío.

Efectivamente tuvo que reconocer que al crecer se había transformado en un muchachito educado, guapo y hasta algo tímido al cual le resultaría muy sencillo encandilar, con su falso juego del ahora si, ahora no, aunque en realidad jamás quiso nada con él más allá del simple sentimiento de egocéntrico poder de dominar a los hombres. Su adolescencia le permitía conjugar un carácter fuerte con un aire infantil en una amalgama concebida para alcanzar ese fin único en su vida, dominar la situación y mantenerse en el espacio de confort donde vivía. Pero ahora ya estaba entrando en otra etapa, quería casarse y tener una familia ejemplar que provocase la envidia de sus amigas y sus hermanas. Nunca se había fijado especialmente en Marcial, a pesar de conocerlo, pues él nunca había ido a la Universidad y se mezclaba en determinados jaleos "sociales" con otra gente joven del pueblo, hacían reuniones, distribuían panfletos, organizaban protestas y otras cosas de marcado carácter político que no estaban bien vistas por su familia ni en su círculo social. Por todo ello, nunca lo contempló como "futurible", sino como un amigo de la infancia.

– Me han dicho que se ha colocado a trabajar en una prestigiosa entidad financiera y que ha comenzado a ir a la Universidad...

– Desde luego ha cambiado su aspecto a un hombrecito bien vestido y mejor peinado –respondió Susana sin dejar de mirarle.

– ¡Uy, uy, uy! ¡qué cara de bruja se te está poniendo! –y el grupo de amigas se echó a reír pues todos sabían que Susanita era una cazadora de corazones sólo por el afán de sentirse adorada, pero que en realidad jamás había tenido novio ¡menudo padre tenía, como para atreverse a hacer algo sin pedirle permiso!

Por supuesto, el padre de Susana era amigo del director de la sucursal de ese banco, don José, popularmente conocido como "Pepe el de los dineros" debido a su antigüedad en el pueblo donde había ayudado a mucha gente desde su cargo. Los domingos solía realizar encuentros con diversas familias importantes en su cercana finca y le invitaba a él también.

– Vente con nosotros, Marcial –el viejo director y su esposa, que no tenían hijos, gustaban de su compañía, así que se lo llevaban presentándole como su pupilo, confiaba en el futuro prometedor del joven y, de esta sencilla forma, Marcial fue entrando al círculo más íntimo y se reencontró con Susana. Así que ésta pudo saber de sus expectativas profesionales de primera mano y comenzó a interesarse seriamente por su antiguo compañero de mesa en la escuela, pues aportaba novedad y frescura a su monótona vida.

– ¡Hola Marcial, buenos días! –se presentó un buen día en la Sucursal, a la que jamás había entrado; se acercó marcando tacón para que todo el mundo se fijara en ella y le saludó jovial con una amplia sonrisa. Si Marcial hubiera tenido suficiente conciencia habría reconocido la red que comenzaba a tejer a su alrededor–. Venía a repasar unos asuntos de mi padre y cuando te he visto ahí sentado no me lo podía creer. Tu sabes que mi padre es muy suyo para los negocios y sólo confía en mí, precisamente venía yo preocupada de con quién iba a hablar, ya sabes, hay mucho cotilla en el pueblo... y cuando te he visto, se me ha salido el corazón del pecho –decía señalándose en detalle para atraer la mirada de Marcial que, invariablemente, seguía la inocente dirección que señalaba la mano.

Susana siempre le halagaba la profesionalidad que demostraba una vez acabada la entrevista. Así una ocasión tras otra. Poco a poco le fue encandilando. Marcial tampoco se había vuelto a acordar de ella, pues una vez separados por sexos tras los primeros años de escuela, claramente sus vidas habían sido muy distintas y distantes, sin embargo ahora, iba a ser seducido sin piedad mediante un meticuloso plan ejecutado a la perfección.

– ¡Uy qué susto, Marcial! No esperaba encontrarte aquí ¡qué casualidad! ¿no? –Susana estudió su recorrido habitual y más de un día se hizo la encontradiza tras un rato de esperar a la vuelta de la esquina. Estas sorpresas tan casuales se fueron repitiendo cada vez con más frecuencia, de forma harto sospechosa, aunque él no cayó nunca en la cuenta. Se fue dejando seducir progresivamente, al tiempo que iba abandonando sus actividades juveniles en virtud de la dedicación que debía a su trabajo, que le prometía un futuro infinito. Se decía a sí mismo que estaba madurando, para convencerse de que era correcto abandonar sus sueños juveniles, hasta que un día, sin saber muy bien cómo, pero convencido de que todo ocurrió a iniciativa suya, se encontró con los labios de Susana pegados a los suyos en un lugar apartado de la vista de todos y, poco tiempo después, volvió a reconocerse a sí mismo en el salón de la casa de los Laínez, muy trajeado y acompañado de sus padres, solicitando la mano de Susanita a su orondo progenitor que, si bien no acertaba a decir que no, tampoco se atrevía a decir que sí, hasta que el director del Banco, don José, le convenció de que Marcial iba a ser su sustituto o quién sabe si algo mucho más dentro de la entidad que comenzaba una fuerte expansión en esos tiempos.

El noviazgo se vio interrumpido por una gira laboral de

dos años que llevó a Marcial por diversas localidades, más o menos alejadas, con motivo de mejorar su expediente profesional. Hasta que consiguió el retorno a la capital, a veinte kilómetros del pueblo. Por las tardes nunca dejó de estudiar, dirigido por los propios centros de formación de su empresa, compaginando con los estudios universitarios que ya iban más que mediados. Y fue conquistando pequeñas metas, convirtiéndose en la gran esperanza tanto para sus jefes y compañeros como para su familia. Para los superiores, reunía una serie de condiciones muy estimadas: no era noctámbulo, apenas fumaba ni bebía, y tenía una novia muy digna enraizada en una buenísima familia, con un padre de los más influyentes en la región y algún futuro cuñado situado en la política local, todo ello creaba unas expectativas muy halagüeñas. Lo tenía todo para ser feliz y realmente lo era, vivía en una nube de elogios y pequeños triunfos que le potenciaban en su quehacer diario. Los fines de semana tomaba el tranvía y regresaba al encuentro de su pueblo, su novia y la familia.

Por eso cuando se casaron nadie dudaba de que su matrimonio sería de infinita y ejemplar felicidad. Marcial y Susana santificaron su unión por la iglesia, como no podía ser de otra forma, con la presencia orgullosa de sus familias, amigos más o menos comunes, compañeros de trabajo y hasta algún jefe de la capital, que aceptó la invitación convencido de que el muchacho sería alguien el día de mañana dentro de la entidad. Fue una boda espectacular, como correspondía a las ansias de Susanita. Todos auguraban a la pareja un venturoso futuro, ambos trabajaban, tenían una cierta cultura y parecían estar hechos el uno para el otro. Sin duda eran la pareja perfecta, cumplían con los tres requisitos básicos para que así fuera: estabilidad económica, formación emocional similar y parecidos niveles culturales, aunque las inquietudes sociales de cada uno fueran distintas, si bien las de Marcial parecían olvidadas.

Su viaje de novios recaló en la finca de unos tíos de la recién casada, en algún lugar de la provincia de Salamanca, y una corta estancia en Madrid, donde Marcial aprovechó para una entrevista con directivos de la Entidad matriz. Susana lució encantada en una cena a la que fueron invitados en un céntrico y conocidísimo hotel, un acto sólo para directivos. Ella estaba en "su salsa". Tras una semana de luna de miel reanudaron sus tareas habituales.

La casa ya estaba casi lista de mobiliario y enseres por gracia de sus progenitores, sobre todo los de Susana, que por ser la benjamina y única soltera en ese momento, se volcaron con profusión de regalos que pagó el padre y que ella adquirió generosamente acompañada de su madre, dejando a Marcial y su familia al margen, so pretexto de que él no estaba en el pueblo durante la semana y que su suegra no tenía el gusto apropiado para la decoración que quería para su futuro hogar. Comenzaron a frecuentar los círculos más notables de la población. Marcial no había podido invitar a la mayoría de sus amigos de infancia y juventud a la boda, y, en ciertas ocasiones ya como casados, los citó a pasar una velada en casa, junto con sus respectivas parejas, algo habitual en todo el mundo, pero que Susana rechazó tras la primera ocasión.

– Mira Marcial, entiendo que son tus amigos de la juventud, pero ya no están a tu altura, compréndelo. Si queremos estar a un cierto nivel, debemos dejar de relacionarnos con estos fracasados y vulgares trabajadores de oficios de manos sucias.

No es lo que quiero para nuestros futuros hijos –. Y con poco más consiguió que gradualmente su marido se fuera apartando de ellos.

Marcial fue trasladado al pueblo, con un mediano cargo dentro de la oficina a la espera de ocupar la dirección. Aún tenía todas las esperanzas vivas, pero su estrella empezó a flaquear cuando tuvo que renunciar a salir de él nuevamente, a pesar de la tentadora oferta de ascenso que le propusieron, pues Susana, atada a su orgullo familiar, no quería dejar el lugar donde se sentía alguien, donde era admirada y se encontraba fuerte y segura, además, al padre le habían diagnosticado una grave enfermedad que necesitaba bastante atención y se negó a abandonarle.

– No lo entiendo, tu madre vive con él y tus hermanas también residen en el pueblo. Pueden acercarse a diario a verle –. Susana en realidad, tenía miedo a vivir lejos de su espacio de confort, de perder su seguridad, de renunciar al puesto en el Ayuntamiento–, al menos entiende que yo quiera aceptar, he luchado mucho por esto, Susana, te prometo que los fines de semana estaré aquí con vosotras –pero tampoco le dejó marchar. Por todo ello, se vio abocado a renunciar "de momento" a los traslados que hubieran confirmado su prometedor futuro, sin conseguir que su esposa comprendiera que en su empresa, el que no estuviera dispuesto a aceptar las propuestas era relegado al olvido, cum laude eso sí.

– Pero Marcial, yo te necesito aquí, a mi lado, además, creo que ya es hora de tener nuestro primer hijo. Con suerte, mi padre, llegará a conocerle –. Ni una cosa ni otra, su padre falleció antes del nacimiento y fue una niña, llamada Susana como ella, por supuesto. Susana quiso que para garantizar el futuro de *"señorita de postín"* de la niña dentro del círculo local, Marcial empezase a participar en todas aquellas asociaciones de cierto rango, como la Hermandad, el Círculo Familiar predecesor de lo que luego sería un partido político *"de personas de orden"*, etc. Y así lo hizo, aunque no de muy buen grado.

Con la ausencia del patriarca de la familia, Susana se empeñó en acotar más a su marido el espacio vital del que disfrutaba. Había dejado de ser el muchacho prometedor de antaño, para convertirse en un profesional respetable y padre admirable, pero nada más. Y nació la segunda niña, tan apreciada como la primera, a la que pusieron el nombre de la abuela materna, sin que Marcial tuviera ninguna posibilidad de opinar, como casi siempre. Susana se fue obsesionando con la sensación de no haber logrado todo lo que esperaba de la vida, pues Marcial, hastiado de ver cómo su vida giraba a voluntad de los caprichos de su mujer, desistió de los proyectos que ella había diseñado y comenzó a dar de lado las reuniones sociales y familiares a las que ella gustaba asistir, abandonó el Círculo Familiar y el resto de las asociaciones donde le había introducido.

Así fue como nacieron las primeras desavenencias entre los dos, justo cuando Marcial comenzó a sentir una fuerte nostalgia por sus andanzas de juventud e intentó reencontrase en cierta medida con su anterior mundo. Familiarmente, se entregó al cuidado y educación de sus hijas, a las que adoraba, como única esperanza de recobrar la felicidad que durante años había colmado sus días, al menos aparentemente. Se sentía tan defraudado como su mujer, aunque por causas opuestas, y sentía que su vida no era más que el reflejo de lo que ella, paso a paso, había ido construyendo a su alrededor, incapaz de imponer su voluntad que también estaba condicionada por las expectativas creadas en sus ámbitos familiar y profesional.

Siguieron a las fuertes discusiones, los reproches desabridos y se agrió el carácter de Susana. La vida dio un giro total cuando la empresa de Marcial fue engullida por otra superior, él consiguió colocarse en una buena posición y mantener su estatus, dejó de ser director y pasó a un segundo puesto, sin menoscabo económico, pero el prestigio no era el mismo, ya no era *"el director"*. En todos los aspectos la sociedad que les rodeaba estaba cambiando radicalmente, dejándoles fuera de juego, removiendo los cimientos sociales imperantes en su juventud. Marcial y Susana, aunque ya no se entendiesen como antes, uno por cobardía y la otra por guardar las tradiciones, conservaron su matrimonio en un silenciado pacto no escrito y ante el resto se mostraban como una pareja con sus dificultades lógicas, pero que permanecía unida.

Y fue precisamente en esa época cuando Marcial sintió la necesidad de perpetuar su apellido con un varón. Susana por su parte, había dado por colmadas sus ansias de ser madre, independiente económicamente gracias a la herencia del padre y su trabajo, sin ganas de complicarse la existencia, pues en su escalafón social ya había llegado todo lo más alto que podía, ahora sólo pretendía vivir de esas rentas acumuladas y se negó a tener ningún hijo más. Sin embargo, el embarazo se produjo tras una noche de Feria en la que los vapores de la fiesta y el alcohol hicieron olvidar los problemas de alcoba y Susana y

Marcial volvieron a ser viejos amantes por un rato.

Nació el bebé en medio de una nueva crisis matrimonial, pero definitiva esta vez. Quizá por eso, el crío salió llorón y enfermizo, lo que aún acentuó más los desencuentros conyugales. El niño tuvo un nombre compuesto en el registro y uno simple en el bautismo, como consecuencia del desacuerdo de sus progenitores. Lo cual desató una nueva tormenta casi diaria entre la pareja. Sin embargo, ni siquiera la mujer que acudía diariamente al hogar contratada para las labores domésticas llegó a saber de los graves problemas por los que pasaba el matrimonio, si bien, como buena observadora sospechaba la realidad pero ¿qué matrimonio no tenía ciertos encontronazos tras años de convivencia?, bien sabía ella que la discreción era parte de su cometido, aunque no estuviera escrito en el contrato de trabajo. La separación física se consumó cuando decidieron instalar en su dormitorio dos camas individuales, de forma que no tuvieran que someterse a la tortura de rozarse cada noche, al tiempo que no daban indicios del total desentendimiento que hubiera provocado el dormir cada uno en una habitación diferente. De todas formas, sus contactos físicos eran nulos desde la concepción del niño. La situación era insoportable para ambos. Marcial permanecía en casa sólo cuando le era posible actuar con las criaturas y mantenía el tipo por ellas. Cuando no, se marchaba en busca de sus viejas amistades al bar de Antonio y pasaba el rato jugando al ajedrez, dominó o cartas y bebiendo algo, pero con moderación, pues era consciente de que en cualquier caso debía respetar su trabajo y su imagen.

– Quiero el divorcio, Susana –Marcial se había armado del valor necesario, se sentía incapaz de soportar esa angustia diaria, esas continuas peleas matrimoniales ahogadas en el silencio de la habitación cada noche, esa vergüenza de asistir con ella del brazo a actos sociales, intentado mantener viva una falsa imagen de felicidad, muerta desde hacía muchos años. Susana lo dudó y luego pataleó, se lamentó y lloró y por fin, se negó. Era como reconocer el fracaso de su existencia, de sus esfuerzos de una vida, la ruptura de un espejismo que había creado ante sus conciudadanos.

– ¡No puedo…, no puedo hacerlo! –dijo entre sollozos, casi arrodillándose ante él–, todo va a cambiar, te lo prometo, haré cuanto esté en mi mano por evitar las peleas. Necesito vivir junto a ti… aunque nuestra situación no sea como la de antes, yo te quiero en realidad –Susana se deshizo en un mar de lágrimas que a Marcial le llegaban–. Piensa en nuestros hijos, privados del calor de un padre y una madre, piensa en sus necesidades, en su cariño –Susana hizo un alegato de las virtudes familiares empleando toda su capacidad de convicción, tanto que su pusilánime marido fue incapaz de negar, sometiéndose como otras tantas veces a la voluntad ajena, contemporizando, *"lo hago por mis hijas"* se dijo, para que nunca pensasen que él no lo había entregado todo por su felicidad.

El juego de Susana, igual que cuando antaño se ponía melosa, ahora se había vuelto dócil y comprensiva, para conseguir su objetivo final que era que se cumpliese su voluntad a rajatabla. ¿Separarse ella? Sería un escándalo para su familia, esas cosas no pasaban en su círculo ¡cuántos matrimonios conocía ella que convivían sin amor desde años atrás! El divorcio se había inventado para personas zafias y no creyentes

¡ella jamás!, haría cualquier cosa que tuviera que hacer para no separarse.

Marcial se sometió a sabiendas de este juego, ya no le engañaba, y se prometió que aquello duraría hasta que los niños fueran lo bastante mayores como para comprender, incapaz nuevamente de asentar sus reales ante su mujer, doblegado, confesándose una vez más, débil de carácter, hasta el día que llegase su oportunidad.

Ahora estaba sólo, tomándose la segunda cerveza al sol en la terraza del bar de Antonio. Recordaba cómo el día que su hijo cumplió los dieciséis años, le explicó que papá tenía que irse de casa, no lejos, estaría cerca, pero iba a vivir sólo desde entonces, por cosas que los mayores hacían y que él entendería cuando fuera un poco más grande. Era un paso difícil que dio con toda la decisión del mundo. A las hijas les contó otra historia más realista, les hizo comprender que a veces los mayores necesitan coger distancia unos de otros para ser felices. Les pidió que cuidasen del hermano menor y de mamá y... se fue.

CAPITULO 2

Querido amigo Lucas:

Estoy cansado, muy cansado. Tengo los ojos rojos de tanto forzarlos leyendo papeles, analizando documentos, estudiando pantallas de ordenador, todo para obtener una conclusión insuficiente o establecer un plan de actuación o una estrategia comercial, para decidir una actuación, en definitiva, presentar un informe, un estudio, una propuesta. Todo bajo la cegadora luz de unos fluorescentes siempre vivos, todo bajo la atenta mirada de unas paredes de indefinible color, rodeado de archivadores, cajones, vetustos mobiliarios de oficina. Con una insípida ventana que me oculta el exterior entre carteles, anuncios, publicidad y varios elementos más de la propia empresa para la que elaboro los estúpidos informes y simplistas estudios.

Estoy realmente cansado. A veces, recuerdo mis sueños románticos de cuando era un joven libre y fantasioso. El campo, la montaña, la playa, el amor, la juventud, las ilusiones, la utopía, los fines de semana, los amigos, una tienda de campaña, unos días de vacaciones, los colegas del colegio, los novillos, las bicicletas, las locuras... Pero por encima de todo, rememoro los ideales políticos, humanos y religiosos, las organizaciones en que estuve metido, las manifestaciones todas justas, aquellas reuniones de los sábados por la tarde, las convivencias con los colegas y hasta los ejercicios de relajación. Incluso entre los recuerdos veo al viejo Fray en su viejo Monasterio Benedictino donde íbamos a encerrarnos algún fin de semana para poder estudiar, aquella paz.

¿Me estaré haciendo muy mayor? Quizá sí, pero quizá sea que lo que únicamente hago es trabajar para sobrevivir. ¿Qué otra cosa se puede hacer cuando se tiene una responsabilidad familiar y laboral? ¿a cuál hay que renunciar para que lo otro no se perjudique? A ninguna, nadie lo haría, salvo excepciones notables, seguro. Por eso continúo aquí, porque yo no soy notable y lo sé.

Quizá haya gente que cuando me vea en mi trabajo, bien vestido, calentito en invierno y fresquito en verano piense lo afortunado que soy, y quizá lo fuera si me hubiera preparado para esto, pero no es así. En mi juventud me preparé para la libertad, para el compromiso solidario, para la confesión religiosa con implicaciones humanitarias y políticas. Pero la vida impone el ritmo y mis pasos me llevaron a donde estoy, nunca he pedido ascensos ni reconocimientos en mi trabajo, por el contrario, me los han dado porque me los he ganado. Tal vez debiera estar contento, pero soy un pozo de contradicciones. Y no soy feliz.

A veces me pregunto ¿por qué me puse a trabajar donde estoy? ¿por qué acepté responsabilidades? ¿por qué me casé? ¿por qué tuve hijos? ¿por qué...? Y si nada de esto hubiera pasado ¿qué sería de mí ahora? ¿dónde estaría? ¿estoy dispuesto realmente a renunciar a la estabilidad económica y a la familia de que gozo? ¿acaso no era esto lo que quería? Si no lo quería ¿por qué lo acepté? ¿por qué dejarme llevar siempre por la familia, mis jefes o mis amigos, mi mujer, el entorno, la sociedad en general? ¿por qué no plantarle cara a todo? ¿por qué? Muy sencillo, amigo Lucas, entre mis ideales siempre prevalece el de la felicidad de los que me rodean, con renuncia incluso de mi mismo, pero no te engañes, realmente no soy bueno, ni complaciente, sólo soy cobarde o, pensando en positivo, ¿por qué darles un disgusto a mis padres, a mis hermanos y hermanas, a mi familia en general, a mi mujer, a mis hijas e hijo, a mis suegros y cuñados y cuñadas? ¿por qué destacar si a mi no me gusta llamar la atención, ni hacer la pelota a nadie? Que es lo que debería hacer para que me fueran mejor las cosas laboralmente, que no me van mal, pero... ¡siempre hay un "pero"!

A lo mejor debí aceptar esa vocación incierta y haber sabido renunciar. A lo mejor ahora era un "comprometido" luchador de algo y no tendría donde caerme muerto, entonces tal vez mis reflexiones serían otras. Pero no hice caso. A lo peor es que no sé aceptar mi destino, tampoco puedo ser injusto en mis quejas: tengo una familia unida y una vida cómoda que muchos envidian. ¿Por qué quejarme tanto, si no tengo razón? Hay que alienarse sin más (¡qué palabra! ¡cuántos recuerdos!, alienarse..., como decía Juanito: ¿eso es convertirse en un alienígena? y se reía a carcajadas). Total, en mi trabajo me aprecian y me lo van a premiar cada mes. A lo mejor, ese sentimiento que ha calado en mi tan hondo, de responsabilidad en la tarea que realizo, sea la que sea, ese sentimiento de entrega a la faena por encima de todo y la mentalidad consumista que anula al individuo y promociona al ente que produce, sean las que me hacen tan prometedor en mi carrera, pero tan insatisfecho interiormente. Tal vez porque soy consciente de ello y en el fondo no me gusta, es por lo que me siento explotado y lo peor de todo: que no oponga resistencia, si no al contrario, continúo entregándome a tope, como si *realmente lo deseara.*

Como ves tengo montones de dudas que no sé resolver, por cobardía o por comodidad. No lo sé. Tal vez sea la edad, que nos hace plantearnos cuánto camino hemos recorrido y hasta dónde hemos andado, en este momento que tanto hay pasado como por pasar y la mochila ya no es una, sino varias y además pesan. Y las que abandonamos vacías por la carretera, las comenzamos a echar de menos, por si eran las verdaderas.

Tal vez amigo, tu sí sepas encontrar la solución, aunque ya es demasiado tarde para que me la des. Estoy harto y ahora la decisión ya está tomada, por fin, de manera irreversible: tengo los brazos abiertos y el viento sopla a mi espalda, el cielo en mi horizonte vital está despejado, así que voy a tomar carrerilla y saltaré al infinito y cuando tu te enteres de lo que ha pasado, te llegará esta carta. Y lo entenderás todo.

No te olvides de mi. Tu amigo en el alma,

Marcial.

CAPITULO 3

Eran las 3 de la tarde, hora de salir, pero a él, como cada día, aún le faltaba algo por hacer. Algo que a última hora había surgido. Una cosa que alguien que ya se había ido de puente decidió que debía quedar hecho antes de que cada cual saliera de su trabajo, sólo con el objeto de que a su vuelta el próximo lunes ya estuviera depositado sobre la mesa de su despacho, dijo. Por eso, presuntamente, Marcial se quedó un rato más. Sabía que, al igual que otras veces, podría dedicar unas horas al día siguiente, aunque fuera festivo, y finalizar el trabajo, no sería la primera vez que iba a trabajar fuera de su jornada. En la soledad y el silencio de la oficina, ya cerrada al público y hasta sin compañeros, se trabajaba mucho mejor, nadie le interrumpía. Pero no podría ir al día siguiente, pues era otro el motivo de quedarse hoy un rato más, en realidad no existía el encargo de última hora pretextado ante el resto, que no se extrañaron, pues era bastante corriente esta forma de actuar en la empresa.

Marcial ya estaba harto de servir dócilmente una y otra vez a sus jefes. Todo eran exigencias, agobios, pesares y muy poco agradecimiento. Horas y horas dedicados a sumar grandezas en los bolsillos de unas gentes que parecían no tener nunca suficiente. Nunca había una palabra de ánimo, una felicitación, un estímulo que no fuera *"ha cumplido con su obligación, Sánchez"*. Habían sido años y años de esfuerzo. Nada en la vida le había salido como él quiso que fuera. Se sentía insatisfecho en todos los aspectos. Llevaba ya mucho tiempo de dolor callado, meditando una solución y no se le ocurría más que perjudicar a aquellos que él interpretaba que le habían perjudicado en su vida, marcándole un rumbo teledirigido que no era el suyo. Estaba en esa edad madura en la que no se sentía tan mayor como para pensar en el retiro, ni tan joven como para comenzar de nuevo. Además, eran los tiempos en los que las empresas como la suya, empezaban a corregir la tendencia consolidada, donde se iba ascendiendo con la experiencia adquirida; ya no, ahora se valoraba más la juventud y el desconocimiento, quizá por que la costumbre da seguridad y convicción, uno llega a "sabérselas todas" y como decía el viejo director, Pepe el de los dineros, *"uno acumula con los años, una cierta capa de sebo en la espalda, que sirve para que le resbale todo un poco mejor"*.

Alejado de su esposa por propia decisión, una sentencia judicial le había dejado sin sus hijos. Vivía solo, encerrado en el silencio y la meditación las más de las veces, defraudado por los giros de su vida y hasta se sentía repelido por ciertas gentes de buenas costumbres que en otros tiempos se declararon amigos. De vez en cuando salía con alguna mujer o en grupo con conocidos, que le ayudaban a pasar el tiempo, pero vivía sin ilusiones, sin futuro y sin esperanzas. Su mente se esforzaba en buscar alternativas a sus tiempos muertos, de forma que una idea vaga fue tomando cuerpo en su interior a lo largo de muchos meses y, ahora, ya estaba lista para ver la luz. Simplemente.

A la 3 y media ya tenía la seguridad de que en la Central no quedaba más que el vigilante, que nada entendía de informática, ni siquiera de electrónica, por otro lado, los ordenadores estarían apagados y los que quedasen en funcionamiento lo hacían de una forma automática y tan programada que serían incapaces de interrumpir lo que estaba tramando. Los cajeros debían estar cargados para un fin de semana tan largo como el que se iniciaba, cuatro días seguidos y festivos a todos los efectos en todo el país. Era el momento de comenzar la ejecución de su plan tan largamente elaborado desde muchos meses atrás. Se introdujo en la red informática y escribió su número de clave. Notó un escozor en los dedos al rozarse con el teclado, era una sensación indescriptible que le agarrotaba las manos, su estómago se retorcía como cuando un fuerte dolor le invadía, las palmas le empezaron a sudar y su frente fue cambiando del rosado habitual al pálido. Se detuvo en la silenciosa penumbra de la oficina vacía y respiró profundamente, dejó pasar los segundos en busca del resuello que necesitaba para acometer la siguiente fase de su plan.

En su estado de excitación pasaron ante sus ojos miles de escenas de películas de cine, vistas en la intimidad con un sentimiento incapaz de confesar. Robert Redford era un ladrón de guante blanco que levantaba pasiones entre sus propias víctimas, a las que desvalijaba casi con su propia complicidad, pues su varonil atractivo las compensaba del disgusto, al parecer. El aristocrático David Niven, elegante y educado, se apoderaba con soltura del contenido de las cajas fuertes de las mansiones de unos millonarios personajes que no podían reclamar, pues ya eran delincuentes antes de ser robados y su delito era el de almacenar fraudulentamente riquezas, igual que pasaba en la realidad, robadas a los pueblos más débiles a través del tráfico de armas, de joyas, de drogas o de cualquier otro objeto o motivo ilegal inimaginable por el común de los mortales. Paul Newman se unía a Robert Redfod para dar "el gran golpe", la mayor estafa del siglo a los tramposos más desalmados de la historia de la mafia de los Estados Unidos, con un ingenioso montaje de cartón y piedra. Hasta la diosa Audrey Hepburn hacía sus pinitos en el hampa, disimulando con su cara de ángel, junto a Peter O'Toole enseñó a los espectadores cómo robar un millón. También la extraordinaria Jacqueline Bisset acompañaba a Audrey y entre ambas conseguían encubrir el robo de una joya ante la minuciosa persecución de la policía y de un investigador privado de la compañía aseguradora, otras empresas que también guardaban secretos en sus contratos. Incluso recordó a los no menos famosos asaltantes al tren de Glasgow, llevados en su hazaña al cine, y pensó si aún no habrían sido detenidos o compartieron su botín con las personas adecuadas y disfrutaban del resto en algún rincón seguro del planeta.

Abandonó su ensimismación con el timbrazo del teléfono, *"buenas tardes"*, dijo una voz que abrió un silencio expectante. Marcial comprendió en seguida, era el vigilante desde la Central. El reloj marcaba las 4 y diez, una alarma preventiva había saltado. Marcial dijo instintivamente la clave, *"...es que me he retrasado un poco con unos asuntos, pero en seguida me marcharé"*, añadió. *"¿Cómo cuánto tiempo?"*, el vigilante cumplía su función solamente, en la empresa todo estaba tasado y todo era anotado, nada sucedía al azar, así que cuando alguien se pasaba de una hora lógica, una alarma preventiva saltaba en algún panel y alguien llamaba, si todo estaba correcto, se dejaba trabajar, si no, se iniciaba el protocolo de seguridad. *"Media hora máximo"*, calculó Marcial rápidamente. Ambos se despidieron.

Recobrada la calma, debía proseguir con su labor. Los dedos aguardaban listos la orden del cerebro para continuar. De todas formas, se dijo cuando recuperó la noción de lo que estaba haciendo al momento de sonar el teléfono, sólo eran películas donde nada es verdad y todo resulta como quiere el guionista. Ya lo dijo Segismundo "y los sueños, sueños son". Pero no, en realidad también ocurren esas cosas, ¿acaso era mentira el caso de un director que huyó con varios millones y aún no se le había encontrado? así es, porque estas cosas siempre se silencian. O aquél famoso conductor de un furgón de transporte de dinero que desapareció hasta con el camión, se decía que, aunque devolvió una gran cantidad después de una larga temporada viajando, *"algo se perdió por el camino"*, el caso es que la empresa quebró, más por el descrédito que por ruina. Se podrían citar muchos más casos.

Marcial atendía sus pensamientos calladamente en la soledad de la oficina bancaria, donde durante tantos años había trabajado, desde su juventud. Donde parió las canas su pelo otrora rubio. Delante del ordenador que quemó sus ojos, obligándole a usar las gafas que ahora le acompañaban siempre, aunque en realidad eso no le importaba mucho, pues se encontraba más atractivo, no solo por la seriedad que aportaban a la expresión de su faz, si no porque siempre fue muy coqueto y le gustaba cuidar su imagen. En aquella oficina que ya no volvería a pisar, la misma oficina donde año tras año había ido cambiando su modo de actuar para adecuarse a los nuevos tiempos y exigencias de su empresa, donde durante tantas horas había soñado con la libertad de un buen libro y una hamaca al sol, leyendo lo que quisiera con una buena música relajante de fondo, fantasía tan vulgarmente común a todos los mortales. Horas pensando que un nuevo cambio en la empresa le llevaría a la cuneta, a la sustitución por un joven pujante e ilusionado que como él hizo un día, se comiera el mundo, sin darse cuenta de que en realidad se lo estaban comiendo a él. La misma oficina donde uno tras otro fue dejando compañeros por el camino, arrinconados por la vorágine productiva, por culpa de una fusión empresarial que sólo favorecía los grandes intereses particulares de unos pocos, pero que destruía a la mayoría y deshumanizaba el trato personal con el empleado y provocaba graves dolencias a los afectados.

Como ocurrió con aquellos dos compañeros y tan buenos amigos de dispar fin. Por culpa de una enfermedad laboral no reconocida como era la depresión, capaz de provocar la mayor desesperación, a uno de ellos lo llevó hasta el suicidio profesional y casi del otro, del físico, en aras de la producción, en un maldito momento de debilidad o de abandono personal, cuando más se necesitaba a sí mismo, una mala actitud de un superior o de la propia empresa, o quizá fruto de la excesiva presión y "adiós", enseguida se cubrió su puesto y *aquí no ha pasado nada*. El otro compañero sufrió un derrame cerebral aturdida su mente de números, exigencias, estrés; quedó como un vegetal, como un ser sin capacidad humana apenas reconocible, lejos de su familia pues hubieron de llevarle a un lugar donde pudieran mantenerle artificialmente; familia que entonces comprendió lo que es pasar de tener de todo a tener lo imprescindible, que no lo justo, pues lo justo hubiera sido que la empresa asumiese su responsabilidad. En lugar de eso, le sustituyeron por un prometedor joven, "a rey muerto, rey puesto" y... *"¡aquí no ha sucedido nada!"*.

¡Cuántos años había pasado así! Estaba sinceramente cansado y harto de hacer siempre lo mismo, un día tras otro, cambiando continuamente como una veleta. Diciendo a los clientes de hoy que era negro lo que hasta ayer afirmaba que era blanco. Pero ese era el juego, lo aceptabas o te ibas, así era pero ¿a dónde te ibas? El Gran Hermano de George Orwell sí existía, tal como el escritor lo había anunciado hacía mucho tiempo, estaba implantado en las grandes empresas, cuanto más potentes, más real se representa el personaje de la novela 1984 escrita en 1948 para que los magnates la ignoraran porque era ciencia ficción, pero no, Marcial y otros muchos habían sentido durante mucho tiempo esa mirada en su cogote, esa sensación que no desaparecía ni cuando se marchaba uno de la oficina. Y estaba seguro de que con cada avance técnico, el Gran Hermano se instalaba más y más en sus vidas de una forma disimulada pero más efectiva. El control llegaría a ser total, hasta en los sueños.

Aún recordaba las discusiones de juventud en el grupo sociopolítico donde militó y cómo llegaron a la conclusión de que instituciones como el FIM, la OCDE, la ONU, la Escuela de las Américas y muchas otras, bajo su carácter financiero, humanitario incluso, descaradamente militar en el fondo, sólo servían a los intereses de unos pocos privilegiados que, a nivel mundial, controlaban la vida del resto de la Humanidad, bajo las distintas banderas de la paz, pero con el palo y la zanahoria por delante como único atractivo, sigilosamente ocultas en grandes palabras, con el único fin de someter la realidad que les rodeaba y permitirles mantener un nivel de poder casi absoluto. Grandes beneficios a cambio de sometimiento, guerras, pobreza, hambrunas y, de vez en cuando, algo de tranquilidad y algunas migajas a repartir, para que la conciencia ignorara lo que ocurre realmente a unos quilómetros más allá sin cuestionarse demasiado el porqué. Circo político, ideales básicos y religión a diestro y siniestro para confundir el pensamiento. Ahora, de adulto, se reafirmaba aún más en estas ideas. Cuántas veces se había sentido como el burro del cuento: ahora el coche, luego la casa, después el matrimonio y, por fin, los hijos; vuelta tras vuelta amarrado a la noria de donde extraía los pequeños premios que le convertían en un "hombre de bien". Siempre demasiado ocupado en ganar dinero para gastar: trabajar para comprar. Y aún así sentirse feliz sólo a cambio de que una mano le acariciara dulcemente y de vez en cuando, el dolorido lomo, a la espera de que el pasar de los años doblegase la pasión y el coraje de la rebelde juventud, como si fuera caña de río ante un fuerte temporal. Las fauces dejan caer sus dientes y las garras pierden sus uñas. En unos pocos años, el trabajo (el que dignifica, según nos cuentan) amansa la fiera y la convierte en un miembro más de "la granja", como también escribió el visionario Orwell.

El reloj de la pared, dominado por el símbolo empresarial como ojo del Gran Hermano, avisaba de que el plazo dado al vigilante se acercaba a su conclusión. Tenía poco tiempo ya, si estaba dispuesto, debía actuar rápido. Miró asustado la pantalla del ordenador, para descubrir una ventanita en el centro que palpitaba como si tuviera vida propia. Le estaba reclamando un dato, una acción para continuar. El miedo se apoderó de sus miembros y se horrorizó de sí mismo al comprender la magnitud del acto que pensaba cometer. Sin llegar a ejecutar la orden de seguir en el ordenador, el dedo índice de su mano izquierda saltó como un resorte hacia el interruptor de la CPU y la lucecita se apagó de repente. Le faltaba valor, por un momento se vio a sí mismo en la más oscura soledad, rechazado y hasta despreciado por todos. Se vio a sí mismo como un proscrito que vaga en busca de consuelo, algo de cariño y ternura. Se vio caminando sin rumbo, lentamente, con desidia, entre gentes extrañas que evitaban su roce. Con el paso cansino esperando que, aunque sólo fuera en la mirada de un perro solitario, encontrase una mueca de empatía hacia su persona en algún rostro. Y todo pasó rápidamente por su mente, lo bueno y lo malo, los pros y los contras. O se hundía definitivamente en el anonimato y la apatía en la que había vivido, o asumía el riesgo de una nueva vida, olvidándose de lo que pensaran los demás. ¿Por qué siempre le había costado tanto tomar decisiones sobre su propia vida? quizá por eso otros las habían tomado siempre por él.

Estúpidamente recordó cuántas veces le habían advertido que el ordenador no debía apagarse así, de golpe. Era como un maltrato físico a lo que, aunque sin alma, había sido su compañero de tantas horas de trabajo. Había estado a punto de dar un ataque frontal contra la propia fidelidad a la empresa, la que le dio el pan y el agua durante tantos años. Se auto disculpó pensando que había sido algo instintivo, justificándose por no colmar sus ansias de escapar por la puerta falsa. No era el sentimiento de bienestar lo que le inundaba precisamente, pero había conseguido vencer sus impulsos criminales. ¿Podía sentirse orgulloso?, en el mundo convencional del que venía, tal vez sí. Volvía a ser el fiel empleado de una empresa líder en el campo financiero, sin duda, como tantas veces repitió a su clientela. Incapaz de temblar al tomar una decisión política, una Inversión multimillonaria, o al… prescindir de las personas que ya no eran capaces o no querían dar el doscientos por cien de sí mismas. Volvía a ser el ejemplo para muchos y el orgullo de sus superiores. Volvía a ser el elemento productivo de alma humana, pero de hechos maquinales, predeterminados y teledirigidos desde lejanos despachos, que un día pudo ser el sujeto protagonista que moviera los hilos y no la marioneta que hoy era, pero ni siquiera por esta vía pudo con el lastre que había significado siempre Susanita. Por un momento, como en el cine, vio pasar ante él cómo hubiera sido su vida de haber optado por entregarlo todo, incluso la vida familiar renunciando a estar cada día junto a su mujer y su hijas, a cambio de aceptar los traslados que le propusieron... Ahora no estaría allí, sentado en medio de la oscuridad de una oficina, tendría una situación económica muy superior, ahora sería "alguien", dictaría desde algún despacho lo que otros debían hacer. No estaría pensando en cometer una locura, sería un ladrón, pero legal, viajando en un vehículo grande y caro que le llevaría al lugar donde la familia pasaría esa pequeñas vacaciones entre los mayores lujos que pudiera conseguir. Estaría allí y no aquí, divagando sobre su pasado y su futuro como un pobre e indeciso adolescente.

CAPITULO 4

Sus ojos recorrieron palmo a palmo la oficina, repitió su ritual diario de pasar revista antes de salir. ¡Si los directivos de la entidad supieran lo que por su mente había corrido durante meses, para que ahora, en el momento preciso, no fuera capaz de ejecutar!

Tal vez lo felicitasen por su oportuno arrepentimiento de última hora, seguramente así lo harían de tenerlo delante cuando se enteraran, sino ni eso; en cualquier caso, se lo quitarían de en medio pasado un breve tiempo, lo suficiente para que nadie relacionase una cosa con otra y no pudieran achacarles falta de empatía. Buscarían un pretexto inverosímil, pero que dejase satisfechos a los observadores. Sobre todo, a su propio ego, a fin de continuar durmiendo tranquilamente cada noche, cobijados por los millones de dinero que a modo de sábana arropan las conciencias, pero también que justificase su salida en lo posible ante el resto de los compañeros que, quizá, se preguntarían por qué le habían despedido a la postre. Para evitar, en definitiva, un desasosiego general que generara un conflicto, aunque sólo fuera emotivo. De sobra sabían los grandes mandatarios que tenían la partida ganada a poco que hicieran, pues contaban con el factor humano del miedo, los empleados nunca serían capaces de enfrentarse, como ya habían comprobado cuando los pisoteaban con mas saña, estaban demasiado domesticados, sometidos por el sentido consumista, llenos de deudas que no podrían pagar si perdían sus puestos de trabajo, ninguno se iba a levantar en su contra, por mucho que renegaran de sus condiciones y función, nadie iba a jugársela por otro *"qué a saber lo que habría hecho"*. Por eso los poderosos dirigentes llamaban *"circunstanciales"* a sus propios empleados, por eso en las negociaciones hacían pequeñas cesiones, para que se confiaran, se endeudasen y fueran dóciles, incentivando la competitividad entre ellos, *"divide y vencerás"* era el lema no escrito ni confesado. La empresa era para los directivos como un tablero lleno de fichas de dominó al que, con solo un toque, hacían caer sucesivamente una tras otra. Y lo sabían. Marcial también era consciente, cuántas veces había pensado en ello, sintiendo una vergüenza ajena y propia, él se incluía sin mengua.

Esta vez también le había faltado la fuerza necesaria para tomar una decisión, la misma que tantas otras veces le faltó a lo largo de su vida y que le había impedido romper con todo. La misma falta de genio, de autoridad, que le llevaba a permitir que otros decidieran por él, desde qué hacer cada día, qué comprar, hasta qué vestir. Era un pusilánime y además consciente de su desgracia. Ahora volvería a su casa y un vano mundo se abriría a sus pies durante cuatro largos días, luego vuelta al trabajo y aquí no ha pasado nada. Más informes, más clientes, más lucha, más... desolación, vacío interior. Otra vez a escribir cartas, estudiar manuales, leer lo que no le gustaba y ocultarse del sol por horas y horas enteras bajo una luz abominable de blancos fluorescentes, bajo el yugo de unos microchips inhumanos y rencorosos, que le marcaban los tiempos vitales con tiránica exactitud. A qué hora empezar, a qué hora acabar, cuándo comer o desayunar, incluso cuando ir al baño.

No era esto lo que quería, pero llevaba años soportándolo intachablemente. Ganándose una fama de buen trabajador que le hacía digno de cualquier confianza. Así pues, sus manos iban obrando como un autómata. Los mismos actos tantas veces repetidos se sucedían sin conciencia. Luces, conexiones, alarmas, etc. Como cada día desde hacía años. No le era necesario prestar atención, pues hasta sus pies sabían los pasos que debía dar para recorrer las escasas distancias que separaban un punto del siguiente, todo tenía un orden y un proceso distinto. Todo era un concierto predefinido, continuo y constante, que una batuta silenciosa, desde la central, sin estar presente siquiera, dirigía incesantemente con una rigidez imposible de hacer zozobrar el barco.

Mas al llegar cabizbajo a la puerta, no pudo evitar el volverse en un gesto entre triste y desafiante. Ese fue su pecado. Sintió que unas profundas náuseas subían por su garganta, la cara le enrojeció entre la vergüenza y la ira, y consciente de lo que estaba haciendo, se volvió hacia el interior de la oficina como si estuviese retando a duelo a Gary Cooper al final de la calle. Histérico, desencajado, con los ojos chispeantes por la rabia, sintió cómo se le encogía el estómago y la bilis le bullía como la lava de un volcán pujando por salir de su boca. Ahora o nunca, *"¡ahora o nunca!"* se dijo. Con paso decidido pero sigiloso, recorrió a la inversa sus movimientos anteriores. Y si entonces actuó mecánicamente por que su cuerpo sabía perfectamente cada paso que debía dar, cómo y hacia dónde, ahora actuaba consciente e inundado por un desasosiego nervioso que le recorría de pies a cabeza. Una emoción similar a la de estar enamorado pero mucho más intensa.

Sus manos aferraban ansiosamente los pomos de las puertas, los interruptores del cuarto de luces, los botones de las máquinas y cuantos objetos tenía que ir tocando o pulsando gradualmente, según el código de seguridad establecido, para el cierre y/o apertura de la Sucursal.

Todo volvió a funcionar menos las luces generales, un triste foco al fondo daba la mínima claridad necesaria para orientarse en el espacio que, por otro lado, conocía a la perfección. Cuántas veces había pensado que, si se volviera ciego de repente, sabría moverse por la oficina mejor incluso que por su propia casa. Encendió el ordenador e introdujo nervioso varias claves en la manera prevista. Recordaba que su cuenta corriente estaba casi a cero y la nómina del mes permanecía intacta en el bolsillo de su pantalón, al menos tenía esto. Era el sueldo más alto del año y no estaba mal para comenzar su "mala" acción. Ya no tenía ninguna posibilidad de volverse atrás, todo estaba en marcha y nada lo detendría, ahora sí, por fin era capaz de adelantarse a los acontecimientos, de iniciar un proceso perfectamente ideado por él, sin que ningún tercero interviniera, ni le dijera qué hacer. Un coraje inusitado empezó a inundar sus actos y a empujarle con paso firme a ejecutar todo aquello que había estado tramando. Esta era la ocasión y no podía fallar, estaba todo previsto y calculado con precisión milimétrica. Muchas veces lo soñó, muchas veces lo sopesó, de todas formas, ya el día anterior había hecho los últimos preparativos. Su crédito dispuesto al límite, su cuenta completamente vacía. El bolsillo derecho cargado de billetes del más alto valor, no abultaba demasiado, era lo imprescindible para empezar.

Con su llave personal abrió el cajón de su mesa. Nadie, salvo el ausente director, tenía copia, era un privilegio por su cargo, algo que pretendía distinguir a esas personas a las que la entidad había dotado de mayor responsabilidad, aunque no les hubiera premiado lo suficiente tanta exigencia. Para Marcial de hecho, nunca había constituido un premio, sino una carga llevada con cierta holgura pero que no le satisfacía, resultaba imposible deshacerse de ella, ni siquiera por voluntad como muy bien sabía por la experiencia de compañeros que lo habían pedido por diferentes causas, la respuesta siempre era la misma *"si no le gusta, coja la cuenta y váyase, hay cientos esperando dispuestos a hacerlo mejor que usted y por la mitad de su sueldo"*. Las consecuencias de aguantar habían sido fatales en algunos casos.

Tomó del cajón una simple cartera. La abrió para comprobar que su contenido estaba intacto, un gran importe de billetes grandes que pacientemente había ido reuniendo en un período de tiempo relativamente corto, por el sencillo método de irlos cambiando a todo aquel que pedía billetes más pequeños, no engañó a nadie, pero en vez de pasarlos por Caja y los controles que la práctica bancaria ordenaba, se los cambiaba él por otros que había ido ahorrando de su bolsillo. No resultó extraño que no hubiera billetes grandes entre el efectivo, pues en realidad era un papel que a nadie agradaba por su difícil manejo y se cambiaba rápidamente por otros de facial inferior en cuanto se recibían, además, a los empleados de Caja tampoco les gustaba, porque un error en uno solo significaba mucho dinero de pérdida. Por tanto, como nada faltaba en los arqueos y nadie se quejaba, no llamó en absoluto la atención y nadie supo lo que iba acaparando en su cajón al que nadie, salvo el director, tenía acceso. Sin embargo, de ser descubierto, habría sido motivo de sanción, incluso puede que hasta con el despido.

Marcial iba repasando mentalmente los pasos que debía dar. Había escogido justo esa fecha, después de mucho calcular, pues se avecinaban cuatro días seguidos de descanso laboral; al cabo de ese "acueducto", sería un día de mucho trabajo acumulado, coincidía con inicio de mes y el abono de pagas, así que seguramente acudiría mucho público, especialmente los pensionistas, a los que les gustaba contar su dinero con calma y otros trabajadores de las varias empresas que eran clientes. De hecho, guardaba una importante cantidad de efectivo en Caja y los cajeros automáticos contaban con una generosa carga también. Se debían extremar las precauciones aún más, como bien sabía, pues los cacos también eran conscientes de este hecho. Marcial, como cada día, se había encargado del cuadre final y de cerrar la Caja con todas las medidas "a cal y canto" como se suele decir y, siguiendo con el símil, pensó que, en realidad, esta vez sólo utilizó arcilla muy frágil, que se resquebrajaría en el corto espacio que tardase el ordenador general en ponerse en funcionamiento, pues en lugar de introducir las diversas claves y cerrar las distintas cerraduras de la Caja que la hubieran bloqueado hasta el lunes debido a los relojes internos, se había limitado a empujar la puerta cuidándose muy mucho de que no quedaran los pernios echados, lo que la hubiese bloqueado completamente, por supuesto, todo ello sin que nadie se diera cuenta; de esta forma quedaba a su disposición y podría acceder a su interior en cuanto él se encontrara sólo en la oficina.

El destello del ordenador le arrancó de sus meditaciones, la pantalla volvía a pedir una clave especial, que sólo algunos apoderados conocían, como él mismo y el director, pero éste estaba ausente desde hacía más de un mes por culpa de un desgraciado accidente de coche mientras iba a una reunión a primera hora de la tarde en la capital, sin duda un accidente laboral de tantos que se producían pero que la empresa no estaba dispuesta a reconocer como tal, a pesar de las largas jornadas de trabajo, la presión, el comer deprisa para no llegar tarde a la cita... Al igual que muchos otros compañeros que se habían dejado la salud por la empresa, sin que esta supiera decirle más que *"ha cumplido con su deber, señor mío"* una vez y otra, con una despreciable palmadita en el hombro. Pero el director, además, había dejado parte de su vida en una inoportuna curva que interrumpió su apresurada marcha cuyas consecuencias aún estaban por ver. Esa urgencia que hace que los trabajadores se la jueguen por llegar dentro de "los diez minutos de gracia", pues si no, serán amonestados y perderán la confianza de sus jefes. Una miseria comparada con toda una vida de entrega de muchas más horas que las que corresponden según Ley, motivo que debería ser más que suficiente para esa gracia de los diez minutos.

Marcial se concentró en su tarea, introdujo la clave y el acceso se abrió. Inmediatamente acudió a la Caja. Las 4 y 20 minutos ya, debía darse prisa, pues el tiempo que había perdido en dubitaciones le había producido un notable retraso que estaba reservado en su plan para imprevistos nada más. Un ruido en la puerta le paralizó. No podía ser nadie conocido, desde luego, y aún en el peor de los casos de haber sido descubierto, no podían acudir tan rápidamente. Tal vez algún compañero se había dejado un objeto personal y volvía por él, pero no, no era posible, nadie tenía llave de acceso más que él y otros dos compañeros, ambos le habían confirmado que salían de vacaciones esos días, que los estaban esperando lejos de allí. De todas formas, no pudo evitar que en segundos mil imágenes pasaran por su mente y una gota de sudor frío resbalase por su espina dorsal hasta humedecerle el final de la espalda.

¿Iba a ser descubierto nada más comenzar su fechoría? ¿acaso alguien podía sospechar algo y había decidido pillarle en el momento justo? Si cualquiera entrase ahora mismo, sin duda apreciaría lo que estaba pasando, no tendría forma de evitar que se descubriese su plan. Si alguien intentaba colarse en la oficina a esas horas, no podía ser bajo ningún pretexto inocente, o le iba buscando a él o pensaba hacer algo poco lícito. ¿Y si fueran cacos que iban a intentar un robo? Era un momento perfecto, varios días para trabajar tranquilamente... pero no, no podía ser, no a estas horas de la tarde.

Avanzó hacia la salida y escondido tras una columna miró en dirección a la puerta de entrada donde se había escuchado el ruido. Una pareja de jóvenes se recostaba contra el cristal besándose con una pasión que demostraba su adolescente entrega. Se sintió reconfortado y hasta esgrimió una sonrisa de ternura y complicidad. Tal vez alguno de ellos llegaría a trabajar aquí algún día y recordase que la tarde que se besaba contra la puerta de la entrada, fue la que desvalijaron la Caja del Banco, tal vez hasta guardase un recorte de prensa. Tal vez alguien más los había visto desde el exterior y la policía, alertada, les interrogase por si habían visto algo sospechoso; no dirían nada, claro, ¡qué podían decir!, no parecía que estuvieran en disposición de escuchar ni de ver nada que no fuera ellos mismos. Eran demasiado felices como para prestarle atención al resto del mundo. Tal vez si se hubieran dado cuenta del lugar donde se habían apoyado, se habrían reído locos en su idilio de juventud, con ese descaro alegre de la pubertad compartida en el secreto de los labios del ser amado.

No pudo por menos que rememorar sus ansias adolescentes con su primera novia, cómo los sueños les permitían sentirse felices en un mundo que creían dominar con la sola fuerza de su edad, pero que les tenía reservado un amargo despertar a la madurez, como a tantos otros. Aquellos labios tiernos e intensos que besó hasta con miedo de romper, aquellos brazos que se le enroscaban al cuello con la entrega febril de la edad perdida, los largos cabellos aún peinados por *"mamá, a las nueve en casa"* y esa caliente sensación en cada poro de la piel pegada a la otra piel, tan agradable como casi injustificable. Se dejó reconfortar por el recuerdo de las sensaciones perdidas en el tiempo que una vez fueron su único pensamiento, aquel enamoramiento que era una zozobra continua, una desazón que no le dejaba estudiar, que le pedía escribir y leer poesías y que le aficionó a la lectura, por ende. Aquella sensación de bienestar que el tiempo se encargó de truncar al ir cumpliendo años, la madurez en la que creyó caer le condujo a abandonar a su primera novia y, desde entonces, vagar perdido en el amor a pesar de que su ex mujer, Susana, le sacó de su soledad y le hizo creer que volvía a amar como entonces, como a su Inés, adolescente y menuda y algo mayor que él, de cabellos tintados de rubio *"como el trigo desgranado en primavera y labios frescos como la hierba verde y mojada por el rocío madrugador"* le escribió en aquellas cartas cargadas de intensidad. Juventud enterrada en la cuneta de la madurez.

Volvió a fijar su vista en la pareja enamorada del cristal y, con la sonrisa colgada en la comisura de los labios, regresó al interior de la Caja y abrió un portafolios en forma de maletín que guardaba desde hacía años para sus visitas a clientes. Comenzó a llenarlo de billetes en un orden casi milimétrico, sin correr, pero sin recrearse en la suerte.

No pudo evitar que una risa cada vez más intensa resonara en el eco del pequeño cuarto, hasta llegar a la carcajada nerviosa y exaltada. Toda la tensión del momento escapaba por su boca francamente abierta, toda la inquietud, la inseguridad, la pereza cobarde de hacía un rato, voló hasta el fondo de la cámara acorazada estrellándose contra sus hediondas paredes, testigos de las inclementes efigies de unos seres que vivieron una vez y hoy figuraban solo en esos breves documentos llamados billetes, que compraban y vendían conciencias y opiniones. Sus carcajadas chocaron alocadamente contra las paredes por las que escurrían hasta el suelo, como una pasta hecha de rencores y sinsabores, que se quedaría petrificada al poco de salir de su cuerpo, para quedarse allí encerrada por siempre, para rellenar los huecos cada vez más vacíos que antes ocupó el dinero. Un buen puñado de millones que engordaron el maletín. Aprovechó hasta parte del cambio que encontró más a mano para llenarse algún bolsillo. Monedas grandes y papel de menor valor facial, con los que efectuaría los pequeños gastos sin que la posible marca de los billetes pudiese sembrar un rastro en su huida, al menos en el territorio nacional. Sabía perfectamente que se anotan todas las numeraciones asignadas a cada empresa de seguridad y a qué Banco y oficina se las entregan, así es posible seguir el rastro del dinero robado o fruto de estafas y corrupciones. Habían sido muchos años de experiencia, como para fallar en algo tan sencillo.

Más relajado, encerró sus secas risotadas casi histéricas en la Caja e introdujo unas horas inciertas en los relojes de la maquinaria que controlaba la apertura retardada, de forma que bloquease su disponibilidad a la hora habitual en la próxima jornada de trabajo. Dejó todo en un orden perfecto, como cada día, cerró cada compartimento uno a uno, pero esta vez no escondió las llaves que sucesivamente iban dando acceso al efectivo, en los lugares habituales, esta vez por primera vez en su vida, se las guardó en un bolsillo, como se hubiese guardado el pañuelo o las monedas sueltas de un cambio. Hasta recogió la llave de la verja que corta el acceso a quien consiguiera abrir la puerta de la Caja, siempre se quedaba colgada en un pequeño estante oculto a la vista, pero que los empleados adecuados conocían dónde, dentro del propio recinto, entre la reja y el blindaje de acceso, nada visible.

Por último, cerró la gran puerta de seguridad y modificó la clave por otra nueva e inventada casi al azar, esforzándose por olvidarla y así que tampoco él mismo pudiese volverla a introducir, le llevó varios días escoger que no se pareciera a ninguna fecha, a ningún acontecimiento, ni indujera ninguna pista. Al final escribió las nueve cifras en nueve papeles y los combinó sin verlos, el resultado sería la nueva clave. Sabía que entre probar diversas posibilidades y/o llamar a un técnico de seguridad que la reventara, se tardaría varias horas, por otro lado, una vez consiguieran abrirla y al no encontrar la llave de la verja, eso también les obligaría a forzar ésta, más retraso. Y por fin, descerrajar los cajetines, así que, al cabo de varias horas, comprobarían que se encontraba todo vacío. Sonrió seguro de sí mismo.

En el maletín acumulaba ya una fuerte suma, todo en billetes. En las faltriqueras de pantalones, chaqueta y abrigo, algo más en monedas sueltas. Fue al ordenador y se sentó complacido. Extrajo de su cartera hasta tres tarjetas de crédito nuevecitas, cada una conectada a una cuenta con numeración diferente. Todas a su nombre, eso sí, pues su idea nunca había sido perjudicar a nadie, ni compañeros ni clientes, a pesar de que no le hubiese disgustado dar algún que otro dolor de cabeza a ciertos personajes que, auto pagados de sí mismos, se permitían circular por la oficina exhibiendo su pobreza de espíritu en forma de mala educación, pero respaldados por una fuerza económica que les hacía creerse clientes preferentes o empleados escogidos, algunos eran capaces de demostrar lo peor de sí mismos con una generosidad que nadie les había pedido. Marcial tenía la teoría de que se sentían inferiores humanamente, pero ahí dentro se consideraban absurdamente únicos, imprescindibles, rayanos en la inmortalidad. Algunos compañeros se transformaban al anudarse la corbata y pasaban de buenos amigos a buitres carroñeros frente a los clientes débiles o caracoles babosos ante los jefes, confiados que de ello dependía el deseado ascenso.

En realidad, Marcial sentía cierto remordimiento por lo que tendrían que pasar los otros compañeros, los que apreciaba, cuando se fuese descubriendo lo que había hecho, pero se sentía como un nuevo Robin Hood en la selva del dinero. Todo había echado a andar, era inevitable, demasiado tiempo planeándolo, demasiado tiempo soñando con la felicidad que esconde el dinero cuando corre a raudales entre las manos de quien lo reparte. Seguro que habría gente que incluso le aplaudiría, pensando en el daño que hacía al prestigio de esas empresas que presumían a voz en cuello de ser líderes de la seguridad y la solvencia, igual que ocurrió con aquel empleado que se llevó el camión del dinero. Clientes que habrían sufrido cuando la entidad no quiso darles el paraguas que necesitaban en momentos difíciles, o que habían confiado en una inversión que no conocían y habían perdido todo o buena parte de sus ahorros. Como decía su amigo Lucas: *"el dinero no crea, destruye; no es fiel, cambia de bolsillo al calor de más dinero"*. Marcial no estaba haciendo una chapucilla sin importancia, tras la que no tendría dónde esconderse, no, su acción iba a ser muy "sonada" sin duda, pues eso era también parte del objetivo que perseguía con su felonía, porque tenía meticulosamente planeada hasta su huida sin dejar rastro y hasta su nueva vida, arropado por el dinero. Comenzaba la segunda fase.

Tenía que ir dejando un rastro falso y comenzó su andadura. Descolgó el teléfono y marcó el número del domicilio de un compañero y amigo, Juan González. Falsamente le informó que había recibido aviso urgente de un problema grave que le obligaba a salir sin dilación hacia la localidad de residencia de un viejo conocido suyo, distante varios cientos de kilómetros y que por lo que le habían dicho, la cosa era definitiva, así pues, era muy probable que no pudiera volver a tiempo para el próximo lunes, que no contaran con él, que se lo apuntara como un día de vacaciones; que estaba dejando todo a punto en la oficina, que lo disculpara ante Azcárate y que ya llamaría a última hora de la mañana para ver qué tal había ido el día. Se mostró dolido y triste, aunque no pudo evitar un tono triunfalista al recomendar que Marta cubriera sus responsabilidades, pues ya estaba muy preparada para hacerlo y su ascenso si no se había producido aún, era por la mentalidad de algunos jefes que no acaban de admitir fácilmente a la mujer en puestos de responsabilidad. La incontenible emoción que lo embargaba se confundía con una congoja que no sentía.

Sonrió nuevamente. Volvió sobre el ordenar e introdujo los números de sus tarjetas sucesivamente y cambió determinados datos, autorizándose saldo ilimitado en ellas hasta donde sus atribuciones le permitieron. Y se volvió a preguntar cómo era posible hacer una cosa así, que un sistema electrónico que pretendía ser seguro permitiera conceder un límite de 6 o 7 cifras que carecía de lógica en el uso diario de los clientes. Pero cómo se llegó a enterar él que esto se podía hacer, fue realmente curioso y, como muchos de los grandes sucesos, por casualidad. Un buen día estaba enseñando a un novato, el cual por error introdujo una cantidad disparatada en el límite de una tarjeta de crédito, el ordenador mandó un aviso antes de proceder a su emisión, aviso que él recibió en su correo. A Marcial le extrañó que simplemente con su clave pudiera autorizar tal cantidad, pero lo hizo y retuvo la tarjeta en su poder sin entregarla al cliente, que, por otro lado, no la había pedido, pero desde la Dirección Comercial habían exigido aumentar la emisión de tales productos y así habían procedido a hacerlo en varios casos. Al cabo de un mes le llamaron de la *Central de Pagos Mecánicos y Medios Informáticos*, por un asunto relacionado con una tarjeta, para pedirle que confirmara si la cantidad solicitada era necesaria, demasiados ceros, aunque un solo 1 delante de todos. Confirmó el error y lo corrigió sobre la marcha, achacándolo a los tres ceros que antes tenían algunos teclados. Hasta entonces siempre había creído que estas cosas estaban más controladas, pero comprobó que la cantidad que le admitía el programa de emisión de límite en el que se supone era el futuro dinero de plástico, era casi ilimitado. De ahí partía su actual plan, iba a ser sonado y a la vez le permitiría dar un giro total a su absurda vida.

Ahora podría vaciar un Cajero en cuestión de segundos con sus tarjetas. Nuevamente utilizó su clave para autorizarse un descubierto desorbitado en cada una de sus cuentas, abiertas al efecto con diversos pretextos. De forma que dejó a merced de su voluntad el obtener efectivo sin límite alguno. Rondaban ya las 5 de la tarde. Debía apurarse, pero sin perder el control, un paso en falso sería fatal e irremediable y aún le quedaba mucha tarea. Cerró el ordenador y dio por concluida la primera fase de su plan.

La joven pareja que se apretujaba contra el cristal de la puerta, hacía un rato que había desaparecido, por lo que repitió el ritual de cierre de la oficina. Solo que esta vez no era otra más, sino la última por fin. Ejecutó todo el proceso con una satisfacción inmoderada, sabiéndose dueño de un gran plan, de un gran futuro, casi por primera vez, con una seguridad en sí mismo desconocida hasta para él, protagonista de su propia historia. Aun quedaba mucho por hacer, lo más expuesto, la fase más activa, casi la más arriesgada. Su plan era recorrer cada Cajero que se encontraba en un determinado radio, desvalijándolos por completo gracias a sus tarjetas generosamente autorizadas. Durante casi un mes había hecho el recorrido por los pueblos vecinos, los más importantes, midiendo los tiempos, los accesos, dónde aparcar, vigilando las cámaras de seguridad propias y aledañas. Igualmente se adentraría en el centro de la capital, la zona más turística, buscando siempre los Cajeros más dotados para cubrir las necesidades en los siguientes días de fiesta, satisfaciendo la demanda de los visitantes que esos días invadirían la ciudad. Le daba igual que los Cajeros fueran de su empresa o de otra. A fin de cuentas, doble problema para quien correspondiera, por las comisiones de uso que además iban a tener que pagar. Y según los adeudos de los otros bancos llegaran, la bola iría creciendo.

En el último momento se volvió, a modo de despedida. Por unos segundos creyó ver de nuevo, como cada día, a Inés limpiando, nostalgia de lo que había sido casi su segunda casa durante tantos años. No podía evitar cierto grado de tristeza. Conocía cada rincón, cada mueble, cada cuadro, cada espacio libre de aquel lugar que almacenaban momentos felices y momentos tristes, difíciles, también. Penas y alegrías que corrieron por las paredes, como una película de cine, en un rictus que le erizó la espina dorsal, su decisión era irrevocable. *"Tal vez si..."*, dijo en voz alta ante la posibilidad de deshacerlo todo, de pedir perdón. Otra vez ese sentimiento maldito de incapacidad, de irresolución, de dejarse llevar, ocultándose en la comodidad de que otros decidieran por él. Otra vez la cobardía vil que había dominado su vida. Marcial se obligó y con gesto decidido salió cerrando tras de sí, como un día más, la puerta que lo separaba de una nueva vida. Hoy no era un día más y jamás volvería a ser un día más en su vida, ninguno de los días que le esperaban serían jamás uno más.

Sin duda la comodidad de la rutina es un lastre muy grande para volar, pero una vez que se despega sólo queda buscar un nuevo puerto o estrellarse.

CAPITULO 5

Había elegido para vestir algo funcional y cómodo que pasara desapercibido en la siguiente escala. Unos pantalones de imitación a los militares de faena, de profundas faltriqueras por delante y por detrás, donde poder esconder el dinero. Una camisa de tipo cazador con amplios bolsillos dobles y un gabán también del mismo tipo, diseñado para llevar multitud de objetos, pero que él llenaría de billetes, además de los que llevaba en las maletas. Se cambió antes de salir.

Se acercó al Cajero e introdujo una de sus tarjetas y marcó un importe al azar, era algo elevado, pero no tanto como para disparar cualquier señal de alarma interna que pudiera tener diseñada el sistema. La máquina solicitó el número secreto. Con cierto nerviosismo por la impaciencia, esperó el resultado de la operación sin perder detalle de la minúscula pantalla que tenía ante sí. ¿Y si ahora no resultaba según lo esperado? Tal vez el aparato estaba preparado para bloquearse ante una petición tan fuerte del efectivo que guardaba en sus blindadas entrañas. Los ruidos mecánicos del sistema interno se sucedían lentamente y le hicieron temer lo peor, pues el final no parecía llegar nunca. Con lo que llevaba en sus bolsillo y en el maletín no tenía suficiente para huir tan lejos como quería y montar su nueva vida tal como la había diseñado, aún así, siempre podía usar el resto de las tarjetas en otros lugares de una forma más selectiva, eligiendo cantidades menores aunque eso significase perder mucho tiempo, de todas formas se encontraría ya muy lejos cuando iniciasen su persecución y, seguramente, habría llegado a ese paraíso inalcanzable para las autoridades de su país, incluso para tan potentes empresas como la suya, tan habituadas a visitarlas sus directivos virtual y físicamente, por otro lado. Pero el problema real era que, si se bloqueaban las tarjetas, se quedaría desprovisto de recursos y con el plan inconcluso en su peor momento. Eso no podía llegar a suceder.

El cajero vomitó su goloso contenido en varios golpes sucesivos, como si le costara hacerlo, en cada uno de los cuales pedía confirmación previa a su expulsión, como si le doliera deshacerse de su alimento o intuyera que algo poco lógico estaba pasando. Marcial incansablemente marcaba la tecla del sí a leves intervalos separados por el corto espacio que se tarda en retirar los billetes y depositarlos con avidez en una faltriquera u otra del pantalón o del gabán, según, para que no abultara demasiado. Él mismo había depositado previamente una buena suma en el artilugio mecánico, como cualquier otro día, pero además hoy, debía prever el gasto de varios días sucesivos de fiesta, por lo que lo había cargado a tope.

Repitió la operación hasta casi agotar las existencias, pero sin llegar a vaciarlo del todo para no levantar sospechas antes de tiempo. Ya más satisfecho y seguro de sí mismo, sonrió nuevamente y se dio ánimos. Cruzó la acera y repitió la operación en el cajero de enfrente, unos pasos más allá, le tocó a otro más, y otro, y así sucesivamente hasta un quinto. El pueblo estaba al borde de un colapso económico por falta de liquidez, pero nadie lo sabía, ni era probable que lo descubrieran antes de 24 horas. Los clientes culparían a su respectiva entidad. Aún no había mucha gente por la calle, por lo que difícilmente podrían identificarlo, y aunque así fuera, a nadie llamaría la atención verle por allí, salvo que se fijara en cómo iba de un cajero a otro. Las cámaras lo habrían grabado pero ¿quién las miraría? ¿les extrañaría verle sacando dinero del cajero? En todo caso, lo hicieran o no, cuando quisieran relacionar el desfalco con su huida, él ya estaría muy lejos. Su acción estaba resultando tan perfecta como había planeado, incluso mejor y más segura que si la hubiera ejecutado por la noche.

Cerca del último cajero del pueblo, había aparcado su coche. Arrancó y partió embriago de buen ánimo. En algún momento en la carretera, se desvió y se ocultó a la vista de posibles curiosos, se cambió de ropa de nuevo y guardó la que traía en una bolsa de basura que tenía preparada y se vistió de una forma más ligera y corriente. Condujo hasta el pueblo vecino y realizó la misma jugada, pasando de un cajero a otro y limpiándoles las entrañas en buena parte de su billetaje, siempre acompañado de una mochila de mano que llenaba del efectivo cuando ya los bolsillos de la ropa no le daban más de sí, siempre guardando la debida discreción. Oculto de miradas indiscretas dentro de su vehículo, colocaba los fajos en un maletín en un orden muy calculado para que cupiese lo más posible. Cuando rellenaba uno, tomaba otro y con varios de ellos llenaba una maleta de viaje, de esas sencillas y corrientes pero que son de un material rígido, para que no hiciese bultos y por que eran más seguras ante un posible y delatador desgarro que las tradicionales de lona, lo cubría todo de ropa y otros utensilios que llevaría cualquier viajero y las cerraba. Igual hizo con las tarjetas, cuando llegase hasta el límite de la primera tomaría la segunda. Y por fin la tercera.

El momento más difícil iba a ser cuando llegase a la

capital, pues allí tenía que aparcar el vehículo en un lugar fijo y desplazarse andando por el centro, entre turistas, aburridos paseantes, policía y resto de gentes que podrían fijarse en un hombre que silenciosamente iba de un cajero a otro, tras cuyo paso, si no calculaba bien, la máquina quedaba fuera de servicio. Para evitarlo, había diseñado minuciosamente el recorrido. Primero acometería un cajero determinado cercano al lugar de aparcamiento, luego iría hasta el siguiente escogido ubicado en otra calle distinta y un poco alejada, para evitar la mirada de curiosos o indiscretos, no tan lejos como para obligarle a largos desplazamientos. Y luego otro salto hasta el siguiente y así completar un circuito circular que le condujera a otra entrada del aparcamiento. A partir de ahí, vuelta a empezar. De esta forma, aunque lo vaciara por error, pues no sabía cuánto contenían los cajeros, como siempre había personas diferentes, nadie sospecharía de su persona.

Lo más complicado era el tema del coche solitario en un aparcamiento, pero como era un modelo muy corriente, no llamaría la atención incluso ni de los cacos. No obstante, alguien como el vigilante o cualquier otro, podría verle entrar y salir al aparcamiento a través de las cámaras y extrañarle, pues al igual que había hecho en los pueblos, iba a descargar al maletero los billetes extraídos de los cajeros, que volvía a introducir en paquetes y éstos en maletas rodeados de ropa y otros utensilios corrientes que desviasen la atención del escáner, por el que debería pasar en la fase final de su huida, como objetos habituales en cualquier maleta. Por eso escogió el aparcamiento más céntrico, pues era el que más trasiego de personas tenía, su imagen quedaría grabada en las cámaras de vigilancia, era inevitable, pero repasar todas las imágenes requería un porqué y tal vez nadie lo hiciera hasta que supiesen qué y a quién estaban buscando, y en todo caso, sería ya muy tarde. Por eso adoptó la estrategia de entrar por una puerta distinta a la que salía.

Durante los días que estuvo estudiando el recorrido a realizar, se fijó en el fluir del tráfico humano, asegurándose de que el riesgo de ser descubierto iba a ser mínimo. Calculó el tiempo que tardaría en cada una de esas operaciones y determinó completar hasta las dos horas o poco más la operación, de cualquier forma, su meta era llenar las dos maletas que tenía preparadas. Si para entonces no había conseguido "secar" las tarjetas, debería dejarlo por prudencia y por que debía seguir ejecutando su plan para completar la huida, debía respetar los tiempos que se había marcado para poder alcanzar los sucesivos medios de comunicación que le ayudarían a escapar posteriormente, borrando su rastro en el anonimato del trasiego de uno a otro. Las nueve de la noche era el límite para sacar su vehículo del aparcamiento.

Todo salía a pedir de boca, eran muchos los usuarios de los cajeros en esos días, nada anormal sucedía. En cierta ocasión, invadido por el buen humor que le provocaba lo bien que iba el plan, se tomó la alegría de advertir al siguiente en la cola que el dinero del cajero se había agotado, fue un momento de euforia que le había hecho llegar imprudentemente hasta agotar el límite. En el siguiente, iba a hacer lo mismo cuando se apercibió de que quien le seguía era un policía, su corazón dio un vuelco y su euforia se desinfló como un globo explotado, los billetes que estaba retirando se le cayeron de la mano y la tarjeta fue a parar a los pies del guardia, que fue el que la recogió.

– No debería ir por ahí con tanto dinero, hay muchos robos –le aconsejó al tiempo que le devolvía el plástico.

Marcial se disculpó pretextando la llegada de familiares inesperados para esa misma noche y se sintió aliviado cuando vio que el policía se dirigía al propio cajero, como cualquier otro ciudadano.

– No sé qué le pasa, a mi no me ha dado todo lo que necesito, se debe haber averiado –excusó Marcial en tono humilde.

– A veces pasa –replicó el policía.

Marcial suspiró aliviado y continuó su camino, prometiéndose a sí mismo no volver a cometer imprudencias y ceñirse al plan elaborado.

Su jornada llegaba a su fin. A la hora prevista debía salir con su vehículo del aparcamiento. Se cruzó con varias personas que iban a lo suyo sin reparar en él, ni siquiera cuando abrió el maletero y estuvo trajinando dentro. Todo correcto. Arrancó, se acercó a la barrera del aparcamiento, el empleado de la ventanilla le atendió tan cansinamente como a cualquier otro cliente, pagó en monedas, la barrera se alzó por fin y Marcial enfiló la salida tranquilamente.

Sin prisas, pero con cuidadoso mimo para que ningún percance le llevara a una situación comprometida por culpa del abundante tráfico, se encaminó hacia las afueras de la ciudad.

Cada semáforo lo aprovechaba para reflexionar brevemente sobre su situación, se sentía con todos los triunfos en la mano. Estaban muy altas las apuestas, pero tenía todas las cartas en su poder, nada podía fallar, lo más difícil había pasado, ahora quedaba el remate final del maestro. Pero la inquietud lógica le hizo temer ¿qué podía errar en tan crucial momento si todo había ido sobre ruedas hasta entonces? ya sólo quedaba lo más sencillo. Se introdujo por un polígono industrial, prácticamente vacío a esas horas y día, víspera de festivo, su coche pasaría por el de un trabajador que impaciente abandonaba su lugar de trabajo, o por uno de esos buscadores de desechos que cada tarde recorren las basuras de las naves industriales. Se detuvo sin parar el motor junto al contenedor de basuras de una planta transformadora de piezas plástica e introdujo la bolsa con las ropas, removiéndola entre los deshechos industriales hasta dejarla totalmente oculta. Arrancó para detenerse nuevamente al cabo de varias calles ante otros contenedores, donde fue dejando la mochila y alguno de los maletines que usó a la vista de un posible testigo, ya no le hacían falta y alguien podría reconocerlos. Los desperdigó entre diferentes cubas de basura de distintos almacenes y talleres, empujándolos hasta el fondo de los desechos y residuos diversos, que a esas horas sólo esperaban el camión que se llevara su contenido.

Tras cargar al máximo de combustible su vehículo en la última gasolinera del camino, se encaminó hacia el último punto del plan antes de iniciar la huida. Una de esas poblaciones dormitorio que conocía perfectamente, a las afueras de la ciudad, cercana a la que había sido su lugar de nacimiento y residencia en los últimos años, para tomar allí el ferri que unía la capital con la lejana costa río abajo. Era como una especie de servicio de autobús fluvial, cuatro trayectos de ida y otros tantos de vuelta de lunes a viernes, alguno más en días como hoy, pero eso ya no importaba, porque él no pensaba volver jamás. Lo que le interesaba es que le conduciría lo suficientemente lejos y de la forma anónima que él necesitaba. Así que condujo su coche al lugar que había elegido para dejarlo aparcado en una tranquila calle del pueblo, alejada del diminuto puerto. Extrajo sus dos maletas y un bolso con una cincha para colgarse atravesado en el pecho, donde guardaba ropa y dinero debidamente colocado y disimulado también, que le serviría para ir pagando las necesidades del periplo. No despertaría sospechas, era muy corriente que ese día mucha gente saliera de viaje portando maletas, aunque si bien es cierto que antes, por la tarde, a estas horas ya solo viajaban noctámbulos y algunos pocos trabajadores que volvían a su casa a lo largo de los tres pequeños puertos que tocaba el río antes de llegar a la costa, pero hoy también habría gente que iniciaba sus vacaciones.

Marcial contempló su coche, no era nada especial, pero tras tantos años de servicio, sentía una gran empatía hacia él, como aquella conexión que nos retrotrae a momentos vividos en plenitud, cuando lo compró con toda la ilusión y todo el esfuerzo. Allí habían viajado familia y amigos, Susana y los niños, sus padres... Y quizá también albergaba algún otro secreto que ya pertenecía al campo del olvido. Un merecido agradecimiento brotó de sus labios, como si se estuviera despidiendo de un viejo amigo. Era el momento de irse. Decía su amigo Luis Cuenca sobre la capacidad del ser humano para poseer cosas: *"el posesivo "mi" en realidad es un verbo que se conjuga en todos los tiempos y con todas las personas"*, sabiduría popular del viejo profesor de escuela trastocado a empleado de banca, que sintetizaba toda una filosofía del deseo y el logro de los sueños que desde la barra del bar interpretaba la vida: "mi coche", "mi casa", "mi trabajo", "mis cosas" y hasta "mi perro", "mis hijos"...

Sabía perfectamente que el barrio donde había aparcado no era el mejor, al contrario. Dentro de muy poco, al ocultarse el sol, comenzarían a bullir entre las sombras personajes singulares, cuyo encuentro desagradaba a cualquier "persona de paz". En un calculado despiste dejó caer las llaves del coche cerca de la puerta de éste. Seguro que alguno de esos personajes aprovechaba la facilidad que le daban, ávidos de aventura y diversión, amantes de lo ajeno, colmados de insatisfechos sueños, esos seres que las sociedades civilizadas marginamos y etiquetamos como deshechos humanos en un tono despreciativo o temeroso, desde que nacen y en función de dónde lo hacen, seguro que uno de ellos tomaría las llaves y se largaría a disfrutar de un vehículo que se le ofrecía cargado de combustible, sin saber que su dueño no lo echaría de menos, ni lo reclamaría jamás.

Marcial se regocijaba pensando que el ladronzuelo, en realidad y sin sospecharlo, le estaba cubriendo la huida dándole un mayor margen de tiempo, pues al robar el vehículo se abrían dos posibilidades. Una, que a lo largo de esos días sufriera un incidente y lo detuviera la policía, ésta, cumpliendo con su obligación, intentaría localizar al dueño del coche, pero no iba a poder hacerlo, obviamente, mientras tanto lo guardaría en sus depósitos, y con un poco de suerte se perdería la pista de dónde lo había robado el caco, pues seguro que no estaba por la labor de dar demasiados detalles. La segunda posibilidad era la más previsible, el ladrón lo disfrutaría todo el largo fin de semana, viajando hasta agotar el combustible, alejándose de indiscretos vecinos y chivatazos envidiosos, tal vez acompañado de alguna amiga suya y por falta de combustible o por cualquier avería al no haberlo tratado bien, acabaría abandonándolo en algún lugar solitario y poco transitado, para que nadie lo encontrara. En ambos casos, él estaría ya muy lejos de allí y el coche se encontraría también muy alejado del puerto. Así nadie lo asociaría con su medio de huida, al menos en un principio, y borraba pistas gracias a un desgraciado ratero ocasional, que, en cualquier caso, llevaría el castigo en su aventura. Puede que hasta si era descubierto, le identificaran tan interesada como erróneamente en las imágenes del aparcamiento y pensaran que lo había robado allí. *"Más a mi favor"*, pensó Marcial.

CAPITULO 6

Todo había concluido, no cabía el arrepentimiento, el camino iniciado pocas horas antes, no tenía vuelta atrás. Se acababa de convertir en un delincuente a la vista de cualquier persona honrada, pero de guante blanco, como en las películas que esa misma mañana había recordado en su oficina. Un caco fino e inteligente, meticuloso y organizado, que había sabido vencer a los dinosaurios de la seguridad, guardianes del dinero. Un hombre ejemplar, un empleado fiel y un trabajador eficaz que acababa de meter un gol por toda la escuadra a una de las empresas más potentes del país. De nuevo el poder se bamboleaba ante el gancho de izquierda de un ser mucho más débil y aparentemente sometido e incapaz de desobedecer. Se sintió orgulloso de sí mismo. El peso de las maletas que arrastraba era como plumón de ave ante la satisfacción que sentía. Su felicidad se hizo total al recordar a los grandes héroes del telefilme que estaba emulando, aunque esta vez no era ficción, ocurría de verdad y él era el guionista, el director y el actor principal al mismo tiempo, ¡qué risa!, el productor, el que ponía los dineros para ejecutar la cinta, era precisamente su dueño y señor de tantos años, su empresa "más potente que ninguna en el mercado", como tantas veces él mismo había predicado. David golpeaba a Goliat, tal vez no acabara definitivamente con él, pero al menos le hacía un gran daño.

Caminaba con estos pensamientos por una calle iluminada por los brillos de las luces artificiales de las farolas, bajo los destellos de neón de los escaparates de los comercios cerrados a esas horas, tratando de pasar desapercibido al resto del mundo. Eran las nueve y media de la noche. La gente iba rápida a su destino, o volvía. Algunas pandillas comenzaban su aventura nocturna en víspera de festivo. Nadie le prestaba atención ¡bien! Era uno más de los numerosos viajeros que se dirigían al pequeño puerto a tomar el ferri. ¿Qué pasaría con los suyos?, algo dejaba tras de sí, pero no podía evitarlo ¿cómo hubiera podido confesarles *"mañana me convertiré en un delincuente, voy a escaparme con todo el dinero que pueda llevarme"*? hubiera resultado increíble. Los secretos, cuando son de más de uno, ya no son secretos, lo sabía muy bien, salvo en el amor, que se requieren dos actores.

Precisamente sobre secretos traicionados recordaba a Julio Peña, hoy jubilado, al cual contó que había conocido a una mujer casada, con la que mantenía una cierta intimidad. Con el tiempo le confesó hasta cómo se llamaba. Pasados unos días apareció un energúmeno en el patio de operaciones de la oficina, que le dirigió los calificativos más duros, sin él adivinar a qué se debían. La vergüenza que tuvo que soportar, el desagradable momento ante todo el mundo, propios compañeros y público en general allí presentes, sin poder reaccionar, no fue nada comparado con la decepción que sintió cuando al acabar le espetó, con un aliento apestoso a alcohol, que él era *"el único hombre para su mujer"*. Marcial no fue capaz de reaccionar, al contrario, se quedó paralizado por el miedo a incumplir la norma, no sabía cuál, pero alguna habría. Como tantas veces ocurrió a lo largo de su vida, impidiéndole ser lo que quería ser, el temor a defraudar a los demás, nunca le dejó ser libre. Más tarde comprendió que había sido Julio el que cometió la indiscreción que alertó al energúmeno esposo de aquella pobre mujer, cuyo único vínculo que les unía era un papel y un sentimiento de posesión, *"¿cómo voy a consentir que mi mujer me abandone? ¡antes muerta!"*, afirmó con esa ruin mentalidad de quien sólo posee, pero no sabe amar, solo por la fuerza y con engaños, con falsas ilusiones y embustes mantiene a su lado a una persona.

¡Cómo le hubiera gustado decirle que un hombre de verdad nunca fuerza ni abusa de una mujer! Y cómo le hubiera gustado decirle a su viejo amigo Julio Peña, lo que su acción le parecía. Pero como siempre, cayó.

Fue cobarde, su vida con Susana ya estaba quebrada, aquella mujer hubiera significado algo, sin duda, pero no pudo ser. Ella tenía miedo. Con dolor y mucho esfuerzo, consiguió acallar sus sentimientos y no volvió a contar nada a nadie. Comprendió que necesitaba un giro profundo en su vida. Fue a partir de ahí cuando comenzó a elaborar su plan minuciosamente. Lo que realmente sentía, además de abandonar a aquella mujer en su triste mundo del que ella se negaba a salir, era lo que pasase con sus antiguos compañeros, los verdaderos, los que ciertamente apreciaba. Tal vez se sintieran defraudados, tristes, hasta puede que traicionados, pero era mejor así, como no iban a saber nada de antemano, en nada estarían implicados.

¿Qué les iba a pasar?, no en vano había sido el alma de la oficina durante largos años, si bien ahora, sólo por unos pocos lo lamentaría, el resto, casi le daba igual. Azcarate, Luis Cuenca sobre todo e Inés, la buena de Inés. Esos buenos amigos, los de verdad, sufrirían tanto personal como laboralmente. El rodillo de la apisonadora legal los estrujaría intentado sacarles algo que no sabían, o quizá fueran ellos los primeros en darse cuenta de la realidad de lo que había pasado al volver el lunes y comenzar a descubrir el desfalco. Sobre todo, le preocupaba quien mejor le conocía, Inés. Y repitió su nombre para sí dejando que el eco de su voz rebotase en las paredes de su cerebro, ¡Inés! También el rodillo intentaría apisonarla a ella, como cada día lo hacía con todos a lo largo de la jornada laboral, que se prolongaba de sol a sol sin que hubiera una compensación económica, ni suficiente ni bastante, simplemente no estaba pagado.

Muchos clientes no lo sabían y se pensaban que cuantas más horas trabajasen, más ganaban. Incluso algunos facinerosos jefecillos insinuaban que debían estar agradecidos al inmerecido jornal que cobraban, como si en realidad recogieran una tarta que otros hubieran elaborado ¿acaso no dedicaban su esfuerzo a que la maquinaria funcionase? ¿acaso no entregaban su vida? ¿es que su acción constante no producía unos beneficios suficientes para pagar su nómina dejando unos dividendos cuantiosos? Algún analfabeto de la sensibilidad, con cierto carguillo de jefe, se permitía afirmar que aquel trabajo era vocacional y solo de quien sabía disfrutar de su entrega, pero Marcial siempre decía que vocacional era *"irse a las misiones"*, que el triunfar aquí dependía en realidad, de otros factores como suerte, oportunidad y ciertas capacidades que la persona tiene inherentes a su condición, cuando se las sabían apreciar y valorar. Como ocurrió con don José, Pepe el del dinero, que fue director de la sucursal tantos años, querido tanto por sus superiores como por sus subordinados y admirado por los clientes. La situación había cambiado totalmente, bajo el trato amable del "tu" contra el antiguo "usted" se escondía una trampa sórdida, elaborada por los servicios de marketing más avezados, que pretendía en último extremo implicar en el juego de la producción a los más reacios, como si de una pandilla de amigos se tratase, aunque en realidad estaban intentando sacarle hasta el último hálito, eso sí, amablemente. Otra vez el burro perseguía la zanahoria atada al palo.

Por eso jamás comentaba su disgusto personal, su tragedia laboral bañada por el desencanto, por eso siempre se mostró como motor de ánimos, como sostén en los momentos bajos para todos sus compañeros. Para el conjunto en general, a pesar de que algunos lo consideraban un pelota y otros un debilucho que tragaba carros y carretas sin rechistar. Era un apoyo firme en quien confiar un problema, si alguno se dirigía en su busca. En los últimos meses estuvo más de una vez a punto de alzar su voz en medio de la desconsideración, pero se contuvo, quizá invadido por ese miedo que le dominaba. Tampoco era cuestión de montar un espectáculo a cada paso y, a veces, dejar correr las cosas atemperaba las consecuencias, como un río que baja caudaloso por unos rápidos, su propia inercia le puede llevar a romper los amarres de las orillas, pero al final llega a un remanso y se convierte en agua cristalina, sólo hay que esperar a que pase el mal momento. Por eso estimó siempre que lo mejor era callar y no intervenir si no para evitar que surgiese el ataque frontal. Ahora se alegraba, pues así nadie podría conectar su desolación con su desfalco y no perjudicaría a los buenos compañeros que dejaba atrás.

Envuelto en sus reflexiones llegó hasta la esquina de la calle que se abría al puerto donde permanecía el ferri atracado. Lo miró desde lejos y sintió renovado el ánimo. Esperó hasta que un autobús repleto de viajeros que unía varios pueblos y la capital con este lugar alcanzó su parada final en el mismo muelle. Dejó que se vaciara lentamente, sin moverse y cuando ya el último pasajero abandonó el vehículo, reanudó su marcha intentando mezclarse con la barahúnda que caminaba pesadamente cargada de maletas. Con una gran calma cruzó toda la explanada hasta los tornos como uno más. Había más individuos solitarios como él, parejas tiernas y parejas distantes, quizá alguna sólo fuera pareja por unos días, ocultando su pasión en la vorágine populosa de viajeros, gente que volvería a su rutinaria tarea tras un largo y maravilloso "puente". Había familias enteras, niños de mirada fantasiosa correteando y hasta algún animal doméstico entre asustado y temeroso, pero debidamente atado o encerrado en su maleta de transporte. Gente que se enfrentaba a la feliz expectativa de tres días alejados del sometimiento a las obligaciones del trabajo, a la infelicidad de tener que dedicar más horas de las pactadas a hacer algo que no les gustaba o simplemente, esperanzados en un cambio de aires. En definitiva, gentes tan vulgares como él mismo.

Hacía dos meses que había sacado billete en las propias taquillas y en efectivo, no podía arriesgarse a llegar a última hora y encontrarse que no había un lugar para él, tampoco podía dejar un rastro tan fácil de seguir. Lo sacó de su bolsillo, dentro de la cartera donde compartía sitio con fotos familiares que se llevaba. Faltaban diez minutos para la salida del ferri, así que lo abordó sin más dilación, entremezclado entre la diversidad de gente tardía como él, para asegurarse de que todo estaba bien, por si acaso surgía un problema en el embarque, en el transporte o cualquier suceso que pusiera el plan en peligro en este momento tan crítico. Todo parecía normal, igual que otras tantas veces había observado en sus paseos por el puerto, pasando por otro de los muchos curiosos que merodeaban por allí cada día. Hoy era el protagonista y nadie tenía, como él mismo, un motivo tan importante para viajar.

Junto a las escalerillas de embarque se detuvo a observar la magnificencia con que le recibía el ingenio marino. Resultaba impresionante situarse junto al barco y mirar hacia arriba, comenzaba así a disfrutar de su aventura. Se empezaba a sentir menos angustiado, le vino el recuerdo de una película que vio en el cine sobre aquel famoso barco que se hundió irremisiblemente en el océano a pesar de su aparente y absoluta seguridad, el Titanic, le fascinaron los efectos especiales, pero sobre todo recordaba la compañía femenina que le acompañó al cine. Temblaba con una emoción casi pueril cuando la invitó y ella aceptó inesperadamente, con esos ojos tiernos y pícaros, se sentía como un pimpollo enamorado por primera vez cuando entraron en la sala y se sentaron juntos en la oscuridad. La tomó de la mano como la cosa más natural y sin pensarlo ni proponérselo, le echó su brazo por el hombro y ella se recostó sobre el suyo, donde permaneció durante toda la película. El brazo se le durmió, pero a pesar del molesto hormigueo, no abandonó la postura, inmerso en la más absoluta felicidad. Ella aún estaba casada pero su matrimonio había dejado de funcionar, se veían casi todos los días por temas laborales, tenían una buena amistad. Marcial aún no se había separado de Susana, aunque ya sabían ambos que iba a ocurrir a pesar de que aún ninguno había tomado la iniciativa de "ir preparando los papeles". Comprendió que las miradas con su amiga escondían algo más que cariño. Para mayor abundancia, el trasfondo de la película escondía una historia de amor que exacerbó su sentimentalismo, ambos sabían que no podían dar salida a su deseo, aún al menos no, lo cual no impidió que en el secreto de la sala oscura compartieran largos y profundos besos que salieron de una forma natural de sus bocas unidas.

Marcial llegó a cubierta y un hombre uniformado le pidió el pasaje. Tras un breve análisis le señaló una puerta en la que otro empleado le esperaba y que le indicó el camino de su camarote. El tiempo de trayecto no hacía imprescindible del servicio de alojamiento, pero en ciertos casos, se usaban ferris de más largo recorrido que estaban dotados de ellos. En este caso se había adaptado por la alta demanda de estos días, mediante unos paneles movibles, se conseguía convertir camarotes en salas de viaje de una forma bastante sencilla, pero conservaban algunos de ellos para casos especiales o para quien prolongaba su viaje algo más allá del recorrido habitual. Marcial había conseguido uno de aquellos pasajes, contó una historia acerca de sus problemas respiratorios, que no existían ni que a la taquillera le importaban, a pesar de lo cual le escuchó con una profesionalidad que para muchos de sus compañeros hubiera querido. Por no contarle que en realidad lo que quería era intimidad y seguridad para su singular equipaje, evitando cualquier mal encuentro, la acción de un juguetón niño o un inexplicable hurto. Además, si le localizaban, dejaba un rastro falso, pues para nada pensaba seguir viaje más allá de donde tenía planeado bajarse, aunque el pasaje marcase como destino el último terminal de la línea.

Llegó a su camarote y se encerró. Del bolsillo de una maleta sacó un plano de la población donde iba a bajarse, estudió la cercanía de las paradas de taxis, desde donde iría a un determinado hotel previamente seleccionado, nada ostentoso, no quería que un portero a la entrada le abriera la puerta, ni que un botones le llevara el equipaje, quería algo sencillo, pero razonablemente seguro, de clientela común. Lo necesitaba céntrico, pero no en zonas peatonales, le preocupaba la discreción y la seguridad. Así que tiempo atrás había ido expresamente en su búsqueda. Al final encontró uno perfecto, tenía la entrada justo en la esquina a dos calles por medio de un chaflán en la fachada, accesible desde cualquiera de los dos ángulos. En una de las calles había una parada de taxis y en la otra una de coches de caballos, sin que ninguna se viera con la otra, como si fueran las dos orejas de una cabeza. Tomaría un taxi al bajarse del ferri, consciente de que, a través de las cámaras del puerto, si habían conseguido seguirle el rastro hasta allí, le localizarían. El taxi le dejaría en la parada correspondiente al hotel y el se dirigiría los últimos metros hasta la entrada, simularía entrar, pero gracias al chaflán no le verían hacerlo, mejor dicho "no hacerlo", pues seguiría hasta los coches de caballos y contrataría uno que le llevara hasta la estación de autobuses. Si por un casual el taxista le reconociera si su foto se publicaba en prensa, declararía que lo había dejado en el hotel y si algún cochero le reconocía, diría que lo había recogido en el hotel, al comprobar la inexistencia de ficha en la recepción y tras hablar con los empleados y no encontrar referencias suyas, considerarían las declaraciones como casualidades fruto de algún parecido de otros transeúntes del hotel y descartarían el rastro o eso esperaba. Pero, además, Marcial tenía preparado un bigote postizo, muy bien elaborado y fácil de poner, que se colocaría rápidamente al pasar por la marquesina del hotel, dando la espalda a la parada de taxis y antes de llegar a la de coches de caballos, con lo cual ambos conductores hablarían de tipos diferentes, sin y con bigote, por lo que su testimonio tendría aún menos credibilidad.

Con el índice sobre el plano, trazó el recorrido que haría

el autobús que iba a tomar posteriormente, retrocediendo sobre la línea que había trazado el ferri, por una carretera casi paralela al río por el que había navegado curso abajo, aunque alejada de la orilla unos pocos kilómetros por razón de las urbanizaciones y tierras de labor que abundaban en la zona. Por ella llegaría hasta un aeropuerto de menor importancia, alejado de ambas capitales, la de origen arriba del río y la de la costa que miraba hacia el Atlántico. Mientras tanto, el ferri habría continuado su camino hacia otra famosa ciudad que miraba a la costa norte de África, donde él no se dirigía, pero lugar que marcaba su pasaje como final, otro rastro falso para ocultar aún más su verdadero destino. Marcial entraría en el aeropuerto para tomar un avión que de madrugada partiría a cruzar el inmenso océano. Era un momento crítico, pues la vigilancia en los aeropuertos era aún mayor que en cualquier otro lugar. Así que con disimulo y antes de subir al autobús debía desprenderse del adorno del bigote, ocultando nuevamente un posible rastro. Esperaba que, gracias a la hora, al trasiego de pasajeros y al carácter secundario del servicio, las autoridades estuvieran más relajadas y pasara desapercibido.

La parte más difícil, "la recaudación", la realizó sin problema alguno, había sido perfecta y fruto de su planificación, contaba con dos maletas generosamente cargadas del dinero que daría más de un dolor de cabeza, si es que ésta resistía sobre los hombros de sus dueños tras descubrirse lo que había pasado. Ya habría tiempo para reunirse y celebrarlo con los seres más queridos en *La tierra prometida*, de hacer un *Desayuno con diamantes*, pasar *Días de vino y rosas* y recontar *Lo que el viento se llevó*, incluso. Ya habría tiempo de pedir perdón a quien no pudiera llevarse con él, de buscar favores y milagros que el dinero facilita, aunque no los haga. Ya tendría tiempo de reunir a los más íntimos que pudiera reunir.

La suerte estaba echada desde esa misma mañana. Y esa misma noche, llegando al aeropuerto, todo acabaría en cuanto facturase las maletas. El problema era salir, pues a donde se dirigía no tendría problemas para entrar. Así que decidió relajarse. Encadenó las maletas a una parte fija del camastro y cerró concienzudamente con la llave la puerta del camarote. Subió a cubierta cuando el ferri iniciaba su maniobra de salida hacia las oscuras aguas del río. Se acodó en cubierta, cerca de popa y con gesto melancólico se puso a evocar tantas escenas de películas como le vinieran en gana. Hombres, mujeres y niños pasaban a su lado sin fijarse en el personaje que allí descansaba, tal y como deseaba, se sentía como una sombra ignorada, aunque al mismo tiempo se viera como el amo del mundo. Pasar desapercibido, ese había sido su afán durante tantos años. Gozaba del momento, la felicidad que nacía de su interior le provocó un inmenso placer y placidez. La espuma que iba despejando el ferri sobre el agua, le saludaba como confeti lanzado a su paso. Por fin se sentía libre, sólo una falsa prueba más le quedaba por dejar en su posible rastro, algo casual, como casi todo. Un chapoteo de algo que cayó al río cerró el ciclo de la huida. Quizá esa noche, algún pescador encontrara entre sus redes varias llaves cogidas con la efigie del logo de un Banco en concreto y, muy improbablemente, lo denunciaría a la policía que ataría cabos cierto tiempo después, decidiendo que su dueño pasó por ese río, por propia voluntad, por accidente o por que alguien se deshizo de él después de cometer un grandioso robo, y los esfuerzos se desviarían hacia dragar el río en busca de un cuerpo que ya estaría a muchos quilómetros de allí, el algún país al otro lado del océano.

CAPITULO 7

En la oficina, el lunes tras el descanso de Semana Santa comenzó como una jornada más. Cuando llegó Juan González a las 8,15, contó que Marcial no podía venir, que le había llamado el viernes porque un conocido suyo había enfermado gravemente y salió con urgencia para ir a verlo. Marcial había escogido perfectamente a quien dejar el aviso, era el único que siempre llegaba tarde al trabajo. A nadie extrañó el hecho, no tenía por qué, de que precisamente hubiera llamado a ese compañero para advertir de su ausencia.

Juan González era un ser básico, alegre, ideal a la hora de formar una juerga, fijo de todos los saraos, el de la cervecita al salir del trabajo, el de la Peña por las tardes. Juan González y su cuidada barriga, estaba casado y tenía un hijo, pero no parecía que su vida familiar fuera muy completa a juzgar por el tiempo que no pasaba con ellos, que era casi todo, no obstante, no parecía sentirse insatisfecho, ni su mujer tampoco. De vez en cuando alguien le insinuaba la conveniencia de encontrar un quehacer vespertino, pero se negaba, a pesar de que el sueldo le viniera tan escaso, de lo cual siempre se estaba quejando.

En los anales de la oficina se guardaba una anécdota suya muy graciosa, fue durante la Feria de septiembre y le pudo haber costado un grave disgusto de no ser por Marcial. Ese día, llegó tras el obligado desayuno, cargado con su copita "de gasolina pa tol día", cuando ya estaba resacoso aún de la farra de la noche anterior. Nada más entrar vio de espaldas a un cliente recostado sobre el mostrador y creyó reconocer en él a un amigo de la noche anterior; queriéndole gastar una broma, tomó carrerilla y al llegar a su altura pegó un brinco y se sentó a piola sobre los riñones del supuesto colega, hincándole espuelas y retorciéndole las orejas a modo de instancia para que trotara *"¡arre asno!"* exclamó a boca llena... el pobre hombre así tratado, a duras penas pudo sostenerse sobre las piernas y dio de bruces contra el mostrador, como pudo, se volvió hacia su jinete con la cara blanca y casi gritando. El resto de los compañeros detuvieron su labor para contemplar estupefactos la atípica escena, al director se le cayeron al suelo las carpetas de expedientes que llevaba, desparramando todo su contenido por el suelo, el cajero se quedó con el dinero en la mano, Marcial corrió hacia él... al pobre Juan, al darse cuenta de que su cabalgadura era un perfecto desconocido, se le pasó "toa la calentura" que traía y con un hálito de voz de ultratumba, se le oyó susurrar lo de tierra trágame. Menos mal que Marcial estuvo ahí al quite, nunca mejor dicho, y medió en lo que podía haber traído unas tremendas consecuencias.

El caso era que Marcial esa mañana no iba a ir, por lo que el resto se dispuso a iniciar la jornada y cubrir su ausencia. Marta era la jovencísima promesa que solía ayudarle, tenía ganas de ascender e intentaba aprender las labores cotidianas a la espera de una jubilación que la permitiera iniciar su carrera, era de las primeras generaciones de mujeres llamadas a ocupar puestos de más responsabilidad, la caduca empresa estaba intentando adaptarse a los nuevos tiempos. Pero no había sido fácil, la sociedad en su conjunto comenzaba a dar un importante giro, gracias a la presión interna de los sindicatos y algunos jefes que vieron la ocasión de subirse al carro de "la modernidad", el viejo dinosaurio intentaba igualarse a las entidades más avanzadas, incorporando profesionales femeninas en puestos de más responsabilidad.

Marta era joven y tenía una excelente preparación académica, su juventud y simpatía atraía la confianza de los clientes, así que le auguraban una buena carrera profesional. Llevaba tiempo en la empresa y ahora veía el futuro mucho más positivamente, aunque por desgracia, aún había quien no la consideraba más que como una secretaria avanzada. Incluso su juventud y simpatía confundían a alguno y ya había tenido más de un problema con compañeros y clientes que no la reconocían más allá de su apariencia. Uno había sido un joven de su misma edad, un tal Ernesto, recomendado por la dirección general, estuvo un tiempo destinado en la oficina aprendiendo, y quiso propasarse con la joven que, por otro lado, también tuvo que soportar el baboseo de algún "jefe" que le propuso citas fuera de hora y de los despachos. Fue Marcial y el otro compañero, Azcárate, los que tuvieron que intervenir para evitar equívocos y problemas, haciendo gala de su mano izquierda con los superiores y de su autoridad con el resto.

Pasó el tiempo del retardo habitual en la apertura de la Caja sin que ésta se abriera. Luis Cuenca advirtió que el sistema de control por imágenes no había grabado nada en los días anteriores, pero como él no era quien debía revisarlo, no hizo nada más. Inés llamó la atención sobre el Cajero, había una lucecita roja parpadeando, lo cual no era habitual. Ella conocía bien cuando el funcionamiento de cada pieza en la oficina era anormal, llevaba toda la vida allí y conocía cada máquina, cada rincón, casi como si fuera una empleada más. Solo Marcial era tan antiguo como ella. Mujer dinámica y observadora, le encantaba su trabajo, con tanta intensidad que ya quisieran otro tanto de muchos de los empleados allí presentes, por eso Marcial confiaba tanto en ella, por eso y por alguna otra razón que nadie sabía.

La amistad entre Inés y Marcial era tan profunda, a pesar de que fuera de la oficina no se veían más que en algún cruce casual por el pueblo, que hubo un director que quiso ver una relación inexistente entre ellos y un día advirtió muy seriamente a Marcial.

– ¡Ándese con cuidado con lo que hace! Aquí se viene a trabajar y por nada voy a consentir que la clientela empiece a murmurar y esto se convierta en un circo. –Estaban en el despacho, a puerta cerrada, a Marcial le empezó a bullir la sangre, le cambió el color de la cara y sus ojos despedían rayos.

– Usted me está ofendiendo, a mi y a esa respetable señora. No busque usted pretextos ni fantasmas que no existen. Sé perfectamente que no soy de su cuerda, de lo cual me alegro y enorgullezco. No estoy dispuesto a consentir estas insinuaciones, estos insultos… –y salió dando un ligero portazo, dejando al director con la palabra en la boca. No duró mucho aquel hombre en el pueblo, no llegó a conectar con la gente ni con los empleados, y en un pueblo la clientela, o es amiga o no es clientela y este pobre, sólo supo ganarse la enemistad de todos. Los empleados le hicieron el vacío y le fue imposible cualquier acción, acabó pidiendo el traslado.

Inés era una mujer ya de cierta edad, mayor que Marcial, algo entrada en carnes. De joven había sido muy hermosa, pero el parir seis hijos y con tres abortos en su ser, el esfuerzo de los trabajos más bajos y el frustrante matrimonio con el que fue a dar, le había ido cambiando físicamente, aunque conservaba todo su esplendor, seguía siendo dicharachera y tierna, siempre sonriendo, de mirada apacible y comprensiva, con un solo vistazo a Marcial ya sabía lo que le quería decir, por eso tal vez aquel director y algún que otro maldiciente, creyeron que su complicidad iba mucho más allá. Se entendían perfectamente con pocas palabras. Nadie en realidad podría decir nada, pero la sospecha siempre la mantuvieron muchos, la oficina era como un segundo hogar para ella, así que no tenía hora de irse y a veces se paraba a charlar con un cliente u otro y hasta, conocedora de cada cual, le aconsejaba y se lo ponía en bandeja a Marcial o al director de turno. Eso sí, que nadie le sacara el tema de sus hijos, que entonces se acababa el mundo, era pasión lo que sentía por cada uno de ellos y podía estar sin parar de hablar durante horas.

Azcárate, vasco por parte de padre, era el único apoderado de ese día, y como tal el único responsable, así que debía acudir al reclamo de todos, Marta, Luis, Inés, todos le requerían "mira esto", "mira lo otro". Azcárate prefería que le llamaran por su apellido, porque su nombre era objeto de cierta guasa, Ion, y cada cual lo decía como le daba la gana. Era un hombre paciente y tranquilo, pero comenzó a ponerse nervioso, vale que era el responsable, pero es que jamás le había ocurrido que nada funcionara estando solo, algo sí ¿pero todo y al mismo tiempo? Pasaban tres cuartos de hora desde la apertura de la oficina y aún la Caja no se había abierto, los sistemas de vigilancia que dependían de la Central no parecían conectarse y el Cajero no tenía porque encender su luz roja salvo problemas como falta de dinero, manipulación externa, etc. Y de lo que los tres le decían, atendió a este primero por la simple razón que se lo indicaba Inés, ya se había acostumbrado por Marcial que lo que dijera la mujer era lo realmente importante. Efectivamente, su único problema era que estaba vacío.

Llamó al Centro de Control, no podía rellenar el Cajero porque no se abría la Caja y no podía abrirla porque el sistema de apertura no funcionaba. Desde allí ante el avatar de la falta de los dos principales jefes de la oficina y puesto que la clave no funcionaba, mandarían a un técnico, pero debía desplazarse y eso iba a requerir un cierto tiempo, media hora si no más, mientras tanto, solicitaría por la vía establecida, ayuda a otras entidades de la plaza para que le suministraran efectivo para comenzar y atender las operaciones del día en ese plazo. Así lo hizo, pero su sorpresa fue mayúscula al recibir una dudosa respuesta de todas, pues sus cajeros estaban completamente vacíos también, un hecho jamás conocido, con lo que habían tenido que recurrir a las reservas de sus Cajas para dotar a los Cajeros y pedir a sus respectivas centrales suministro urgente de efectivo. Era día de pago de nóminas y pensiones. Un helado dedo invisible recorrió la espina dorsal de Azcárate, algo no iba bien, ya eran demasiadas casualidades, su dilatada experiencia le hacía presentir algo que no era bueno.

Inés ejecutaba su trabajo concienzudamente y en silencio, mientras observaba los extraños acontecimientos. Normalmente estaría haciendo chascarrillos con unos y otros, pero ahora estaba significativamente callada, no obstante, no pasaba desapercibida ante el creciente nerviosismo de la plantilla. Juan fue el único que en su salsa parecía disfrutarlo, advirtió que un Banco sin dinero era como la tasca que tuvo su tío cuando se quedó sin vino, así que lo mejor era cerrar hasta el día siguiente e irse a casa. La mirada de Azcárate fue suficiente para que se metiera en su sitio sin volver a decir ni pío.

El técnico por fin llegó, tardó más de lo que se suponía. Algunos clientes se habían ido enfadados, otros lo comprendieron, algunos aún estaban allí cuando el técnico comenzó con sus herramientas a taladrar y dar golpes para extraer la rueda de claves de seguridad. Al cabo de casi una hora, se abrió la puerta que daba acceso a la pequeña habitación blindada. Marta fue rápida, pero la llave no estaba en el cajón de Marcial, ni en el escondite habitual que solo conocían algunos empleados, por lo que el técnico tuvo que volver a intervenir para hacer saltar la cerradura, esta vez era más sencillo, pero entre ambas operaciones transcurrió demasiado tiempo, no es fácil saltar la rueda de claves de una caja fuerte de un Banco. Por fin Marta pudo entrar, pero una nueva incidencia hizo que reclamara al técnico, los cajetines donde se guardaba el efectivo estaban cerrados bajo llave y tampoco aparecían éstas, así que tuvo que reventarlos para comprobar que no contenían más que aire. Al final, casi llevaban dos horas desde la llegada del cerrajero.

El compañero y amigo de Marcial, Ion Azcárate, apoderado durante tantos años y a punto de jubilarse, se sintió desfallecer al comprobar lo que Marta le contó. Del dinero nada de nada, del Cajero un cero absoluto, pocas dudas cabían, era un robo, de lo más limpio y perfecto, todo estaba correctamente ordenado, pero un robo, al fin y al cabo. Estaba paralizado ¿quién lo había hecho?, pero se negaba a responder la evidencia. Fue el propio técnico el que tomó la iniciativa, se dirigió al despacho del director y desde allí, para que no lo escucharan los pocos clientes que estaban en la oficina, llamó a la Central e informó de la situación, desde donde avisaron a la policía sin más. Azcárate estaba a punto de desmayarse, el resto de los compañeros se cruzaban miradas o cuchicheaban, Inés observaba con la cara demudada y se hizo cargo del apoderado para ayudarle a sobreponerse. Marta tomó las riendas: pidió a cada cual que guardasen la más absoluta discreción, había que esperar hasta que les fuera suministrado efectivo, así se lo explicó también a los clientes. Trasladaron a Azcárate al sofá del despacho y en un aparte, Inés le dijo a Marta *"yo sé lo que es una mala pasada de la vida, desgraciadamente lo sé muy bien"*.

Al poco dos policías de paisano se presentaron casi al tiempo que llegaba el camión del dinero que tenían solicitado, con ello saldaron los pequeños préstamos que tenían con alguna entidad que algo les habían prestado finalmente y otras demandas que tenían pendientes de clientes importantes, pero poco más. Los policías tomaron la dirección del asunto, interesándose antes que nada por el pobre Azcárate, que había envejecido por instantes. Luego tomaron declaración al técnico, que les certificó todos sus trabajos y lo que se habían ido encontrando, así como la dificultad de la labor. Junto con Marta comprobaron el lugar, tomaron fotos y sellaron el recinto acorazado por si acaso hubiera huellas dactilares, seguro que no, porque unos buenos profesionales jamás cometerían ese estúpido error, pero el protocolo así lo exigía.

Don Rosendo Filter de Diéguez, director provincial ejecutivo, apareció en la puerta con sus escasos pelos canosos tan pulcramente peinados, su aire de hombre íntegro y serio, cuyo rostro ahora se veía más arrugado por la incomprensible circunstancia. Su gesto duro no impidió que la plantilla se acercara a saludarle con cierta complicidad, salvo Juan González, que siguió en su puesto como si no lo hubiera visto. Marta fue la que más nerviosa se puso, a pesar de su templanza hasta el momento, adivinó su figura a través de los cristales del despacho avanzar hacia allí, el cargo la imponía, su deseo de obrar adecuadamente también, pero, sobre todo, recordaba que no la había creído cuando denunció las sucias propuestas de ascenso a cambio de favores determinados, *"no se lo tomes en cuenta, mujer"*, que le había hecho otro jefe. Inés fue más explícita, cruzó la mirada con la del jefe, que no pudo ocultar una mueca despectiva, igual que la de la mujer hacia él, si Marcial hubiera estado allí seguro de que comprendería el por qué. Tal vez don Rosendo e Inés no se conocieran, pero la altanería de aquel hombre y la reacción anómala de los empleados, le hacían intuir que no era persona querida. Tal vez fuera sólo por su papel de jefe.

Con don Rosendo entraron tres empleados traídos desde oficinas cercanas, que se saludaron amistosamente con sus compañeros y otro personaje que se presentó como un Auditor. Los presentes no sabían porque les habían traído y los recién llegados no podían decir por qué estaban allí, pero sus respectivos jefes les habían ordenado trasladarse rápidamente y esperar al director en la puerta de esa oficina.

El, aparentemente, serenísimo director provincial ejecutivo fue saludando uno a uno, primero a los policías, luego al técnico al que confirmó el permiso para irse tras pedirle que le hiciera un informe pormenorizado y con advertencia de que nada de lo allí ocurrido debía salir de su boca, y luego a cada empleado. Azcárate le explicó lo del desmayo. Don Rosendo indicó algo a Marta señalando en dirección a Inés que lo miraba seria, la muchacha le pidió que saliera del despacho y que no se fuera a su casa hasta que no lo dijeran los policías. El provincial tomó posesión de la mesa del despacho y llamó a los tres empleados que había traído, los aleccionó sobre su cometido de ese día, que no iba a ser otra cosa que ayudar a la plantilla local y sustituir a cualquiera que se encontrase indispuesto o ante cualquier circunstancia, debían abrir la puerta y atender a la clientela de manera natural y en ningún caso hablar de por qué estaban allí, ni de que había policías, ni de nada de lo ocurrido. En tanto el Auditor iba a empezar un expediente informativo que comprendiera el último mes.

– Azcárate, dispóngalo todo para que le faciliten cuanta documentación requiera en un lugar discreto fuera de la vista del público –ordenó.

También apareció al poco un psicólogo de la empresa, especializado en temas laborales, al que habían mandado desde la central. Era normal su presencia cuando se sufría un atraco o una agresión, si bien, aún no sabía por qué ni para qué estaba allí. La mañana estaba más cerca del mediodía que de la hora del cierre, pero don Rosendo dijo que quedaba mucho por hacer y que, si era necesario, comerían allí, mientras tomaban declaración a cada miembro de la plantilla. Así que pidió a Marta que propusiera el orden de declaración de cada cual, que surtiera de bocadillos y café a todo el mundo y así nadie tuviera que salir a desayunar, por supuesto, que cerraran la puerta inmediatamente a su hora, pero sin dejar irse a ningún empleado hasta que no lo dijera la policía allí presente. Inés iba a ser la primera, a fin de cuentas, era extraña a la entidad. El interrogatorio sería ejecutado por los policías, claro, pero tanto él como el psicólogo intervendrían en cualquier momento para aclarar dudas que les surgieran. Azcárate actuaría como secretario tomando nota de cuanto allí se dijese, ya que la policía iba a anotar sólo lo relativo a sus propias preguntas, a fin de darle el máximo cariz oficial y que sirvieran ante un Juez si llegaba el caso.

CAPITULO 8

– Que pase esa señora, pues –a la buena de Inés que llevaba toda la mañana allí, que había ayudado en la recuperación del pobre Azcárate, no la importaba esperar, para ella era un poco su segunda casa, desde luego más tranquila que la propia.

– Díganos su identidad, cargo o función y que nos puede aportar sobre lo ocurrido –intervino el policía que iba a llevar el peso del interrogatorio. En un primer momento y como ellos no conocían a nadie, querían saber con quién estaban hablando.

– Mi nombre es María Inés Celia Herrera –dijo– soy natural de este pueblo y llevo trabajando tantos años aquí que ya ni me acuerdo, algunos más que Marcial que es el más antiguo y ojalá estuviese con nosotros, pues él sabría decirnos qué ha ocurrido y qué hacer –don Rosendo la miró con desagrado al intuir cierta crítica oculta en el tono de tal afirmación–. Cuando llegué esta mañana todo estaba normal, solo me llamó la atención la lucecita roja del Cajero, que sólo se enciende cuando no tiene dinero o está averiado. Como les digo, llevo tanto tiempo aquí, que aunque no sé manejar las máquinas, si sé cuando no funcionan bien. Así se lo dije al señor Azcárate. Es todo lo que puedo aportar. Esto es muy raro, nunca he visto cosa igual. Puede que sea como en las películas... gente de esa que roban sin dejar huellas ni los descubren nunca, pero... no sé –y chasqueó el labio en un gesto dubitativo que llamó la atención del psicólogo.

Nadie hubiera pensado nunca que supiera algo, pero su

forma de dejar colgadas las frases, justificar porque conocía tan bien la oficina, sorprendió a los que la escuchaban, pues esperaban que su actitud fuera más banal. Al preguntarle si ella sospechaba algo, o si tenía algún indicio que añadir a la investigación, negó bajando la cabeza para que nadie pudiera apreciar la incipiente melancolía que brillaba en su mirada, como un cristal a punto de caer al suelo en forma de lágrima. Le presentaron la declaración que firmó marchándose al instante, no sin antes advertir que estaría en casa si la necesitaban. El psicólogo pensó que seguro que así sería y Azcárate le siguió con el gesto fruncido en la mirada.

– Me llamo Juan González, soy natural de este mismo pueblo desde que volví a él hace quince años, antes también lo era claro, pero no vivía aquí –sonrió–. Ya saben, por culpa de los traslados y esas cosas, cuando aprobé las oposiciones no había plaza vacante y tuve que esperar a que se produjese para regresar. Tengo 52 años y vivo muy cerca de la oficina. No he escuchada nada raro, ni me he enterado de nada en estos días, a pesar de que no he salido del pueblo, si hubiera ocurrido algo, ya me hubieran avisado. No me he marchado porque no me da el sueldo para más de unas vacaciones al año. Es todo lo que les puedo decir, pero quiero añadir que es muy extraño que esto haya pasado y nadie nos hayamos dado cuenta de nada, mi primo es el que vive en el piso de encima de la oficina y si hubiera oído algo extraño me hubiera avisado inmediatamente. ¡Cuántas veces lo ha hecho cuando el Cajero no funcionaba y pitaba!, pero no, este largo fin de semana no ocurrió nada. –Los policías querían algo más concreto y le preguntaron abiertamente si no podría ser que desde dentro alguien hubiera cometido el robo–. ¿De entre nosotros se refiere?, es difícil de imaginar, ya saben, uno está cada día junto al otro y a nadie se le ocurre que tu compañero sea capaz de una cosa así, pero, en fin, esas cosas ocurren a veces, ya saben. El director está ausente e impedido, Azcárate ahí lo tienen, a punto de jubilarse y no va a cometer una tontería después de tantos años, además económicamente va bastante bien ¿qué más puede pedir? Del resto ¡qué decir!, cada uno con esfuerzo va sacando adelante a su familia, tal vez yo sea el peor de todos, económicamente me refiero, bueno don Rosendo ya me conoce ¡pero de ahí a robar! Además, el que hace una cosa así no se queda a esperar que lo cojan. No sé, ustedes sabrán mejor. El único que falta es Marcial, aunque yo ni insinúo ni digo nada contra él, me llamó muy apurado por que hoy no estaría aquí, parecía sincero, además siempre ha sido un empleado ejemplar y resultaría increíble. Vivía algo justo tras el divorcio, pero creo que mejor que yo seguro. Inés es otra cosa, pero ella ¿cómo lo iba a hacer?, descartada de todo punto. Ahora bien, ella mira, observa, nos conoce a todos y es mucho más inteligente de lo que pudiera parecer, lo que pasa es que ha tenido mala suerte en la vida, peor cuna y un desastre de cama, como yo digo, pero ella algo les habrá contado, si ha sido alguien de dentro ella ya tendrá sus sospechas.

Don Rosendo estuvo de acuerdo con la declaración de Juan González en lo concerniente a la confianza que le inspiraba Marcial y así lo manifestó cuando éste salió.

— Soy Marta Ponce Luengo, tengo 28 años y una gran ilusión por mi trabajo y mi profesión, mis jefes lo saben, soy candidata para sustituir a Azcárate, bueno, el señor Azcárate, aunque normalmente nos tuteamos. En cuanto se jubile, creo que me haré cargo de su puesto. Vivo con mi madre en un piso alquilado de una calle relativamente cercana, desde que llegué al pueblo tras aprobar las oposiciones. Tengo una buena formación académica, con unas calificaciones muy respetables, realizo cuantos cursos propone la empresa y... –don Rosendo la interrumpió para rogarle muy amablemente que se ciñese a lo que había ocurrido ese día allí, por bien de los policías–. Bueno, para mi todo esto es nuevo y triste, nunca he estado en un atraco siquiera, por suerte claro, pero sin duda se trata de un robo limpio y bien preparado por alguien que conoce a fondo el funcionamiento de la oficina ¿un profesional? Es probable ¿un compañero? Siempre hay empleados descontentos ¡qué duda cabe! Pero que tengan acceso a tanta información o que conozcan la combinación de la Caja y del Cajero o de dónde se esconden las diferentes llaves, sólo es cosa de los apoderados y mía. Parcialmente algunos empleados pueden conocer ciertos pasos, fruto de los años de servicio, pero no la totalidad, ni las claves por supuesto. El que lo ha hecho ya no está cerca, eso es seguro, pero pensar en un compañero en concreto, me cuesta una barbaridad. Únicamente podría haberlo hecho o el director, al cual llamé hace un rato para informarle, o el ausente Marcial, que no he podido localizar. De él sólo sé que advirtió que iba a estar ausente uno o dos días, pero no encuentro la razón que tendría para haberlo hecho, me refiero al móvil del crimen, como dicen ustedes los policías.

Don Rosendo agradeció la explicación a la prometedora muchacha y se removió inquieto tras escucharla. El psicólogo interrumpió las declaraciones para pedir que se intentase localizar por todos los medios a Marcial, debían averiguar dónde fue y, si era necesario, que lo fuesen a buscar, debían hablar con él urgentemente, era la clave. Los policías, que comunicaron la desaparición inmediatamente para emitir una orden de búsqueda, insistieron en revisar la mesa de trabajo del ausente antes de continuar. Azcárate se la mostró, discretamente sacaron los cajones y los llevaron al despacho, para que entre los cinco comprobaran su contenido. Allí había normas y circulares, instrucciones manuscritas a modo de prácticas chuletas, material de trabajo, bolígrafos y otros utensilios de escritura, cuadernos de notas, formularios diversos, etc. En otro encontraron objetos personales, fotos familiares y una carpeta llena de diversos escritos que leyeron por encima, se trataba de cartas y lo que parecían cuentos y relatos propios, tal vez Marcial se dedicaba en las horas de ocio tras el trabajo, a escribir sus propias fantasías, parecía chocante abandonar aquellas cosas en manos de extraños y largarse, pensó Azcárate para su tranquilidad. En otro cajón encontraron material de obsequio a clientes y algo de dinero, monedas sueltas nada más, de esas que vas acumulando en algún lugar para que el bolsillo no te pese. Devolvieron todo a su sitio en un cierto orden parecido al que tenía.

– Hola soy Luis, colega y amigo personal de Marcial, el compañero de ocio tras la jornada de trabajo –comenzó diciendo–. Algunos días quedábamos por la tarde y jugábamos al tenis, al ajedrez, dábamos un paseo ¡yo que sé!, lo habitual entre dos amigos. –Su tono intentaba ser impersonal, como si estuviera leyendo lo que decía–. No, no me puedo explicar lo ocurrido y aunque los indicios apunten a Marcial, me niego en redondo a admitir el hecho. Me inclino más por que han sido unos profesionales, sin duda. Digan lo que digan mis compañeros y ustedes mismos, si no, pregunten a Inés, ella sabe más y es la que mejor nos conoce mejor a todos aquí. Marcial es un buen muchacho, incapaz de cometer una fechoría, a pesar de los testimonios en su contra que puedan haber escuchado —el tono iba subiendo inapreciablemente para Luis—, más valdría que comprobaran qué ha sido de él ¿y si le han secuestrado y le han sacado toda la información bajo tortura y ahora su cuerpo está perdido en el río en cualquier parte desconocida? —y comenzó a sollozar, por lo que le dejaron tranquilo para que se calmara y pudiera salir del despacho sin alarmar a nadie.

El resto de los empleados fueron pasando uno tras otro, hubo quien apuntó directamente a la acción de profesionales, otros dudaban de Marcial, también hubo quien no se explicaba nada o no se quería mojar dando una opinión. En cualquier caso, salieron detalles muy curiosos que permanecían ocultos en el día a día del centro de trabajo. Con la impunidad de una confesión ante la policía, hubo quien aprovechó para lanzar veladas críticas a la actuación de la empresa respecto de sus empleados, mirando de reojo a don Rosendo. También hubo quien temió que aquello pudiera perjudicar la imagen de la entidad y afectara a la estabilidad de la oficina y al resto de trabajadores. El psicólogo no paraba de tomar notas, apuntando cada opinión para un informe posterior. El ambiente de confusión hacía aflorar los viejos sentimientos de rencor, envidias profesionales y personales, fluyendo en un rosario de miserias humanas como mana el agua de un pantano que revienta y quiere arrasar todo a su paso. Sólo uno pidió declarar en privado, intimidado por la presencia del director provincial y el apoderado de la oficina, cuando estuvo a solas con los policías y el psicólogo, aprovechó para verter su rencor contra Marcial en forma de acusación directa. Pero también hubo quien apostó a ver si sacaba tajada de la confusión y aprovechando la presencia del director provincial, insinuando más que señalando, mostrando sus supuestas dotes para el control del trabajo, dándose a valer sobre el resto, en un movimiento mezquino y ruin, como hacen los cobardes, aprovechando la no presencia de los compañeros para intentar mejorar su posición, sacar algún favor o cobrarse una deuda, pero sin ser ellos quienes lo dijeran así.

Comenzaron los cuchicheos y los rumores. Alguien retomó la antigua insinuación que relacionaba a Marcial con Inés y quiso buscar puntos de encuentro entre ambos. Si algo hubo, nadie lo supo, ni lo podía afirmar, pero basta una pequeña mentira para que, una vez repetida, se convierta en una enojosa y ofensiva semi verdad. El supuesto buen ambiente de trabajo, lleno de cordialidad y compañerismo, se hundía en el pozo de la inquietud y un poquito, del sálvese quien pueda.

Don Rosendo se sentía muy incómodo con todo esto, pero fue el psicólogo el que propuso lo que quería haber dicho y no se atrevió: había que interrogar más a fondo a la limpiadora. Aunque de momento, determinaron los policías, convenía concluir las declaraciones para llevarse algo más concreto a comisaría. Ya interrogarían a la mujer a la tarde si era preciso. Ahora era el turno del apoderado.

— Mi nombre es Ion Azcárate García, llevo en la Sucursal varios años desde que vine aquí trasladado por propia voluntad, pues mi mujer es natural del pueblo y, ya saben ustedes, el hombre debe hacer lo que su esposa quiere si desea ser feliz en su matrimonio —añadió sonriendo—. Soy apoderado desde hace más tiempo aún y, por desgracia, tengo experiencia en sufrir varios atracos y un robo por el método del butrón. Bueno, respecto del caso que nos ocupa, la verdad es que estoy profundamente influenciado por lo vivido hasta ahora, por las declaraciones oídas, por las que realmente hablan del caso y solamente del mismo, y si ustedes me lo permiten, me gustaría hacer una mención. Quisiera que olvidaran todas esas insinuaciones que ha oído sobre nuestro compañero ausente e Inés, la limpiadora, me parecen fuera de lugar y además de no venir al caso, no tienen ningún fundamento, se lo digo yo, que los conozco a los dos desde largo tiempo ya, si hubo algo entre ambos, fue hace demasiado tiempo, en la adolescencia si acaso, pero como han comprobado, la diferencia de edad es notable y lo único que existe es la complicidad de las buenas amistades. También habrán podido advertir un cierto desacuerdo en la plantilla y desánimo generalizado, envidias y otras cosas peores, es algo hasta cierto punto normal y no deben darle demasiada importancia, ni tenerlas en cuenta fuera del momento y lugar en que han sido dichas. La presión del trabajo, la tensión por lo que ha sucedido y la presencia de don Rosendo ha llevado a algunos a convertir su declaración en un rosario de asuntos que no vienen al caso. Dicho esto, voy a explicar mi punto de vista. No cabe duda de que el robo ha sido perfecto, pero pensar que un compañero, más como Marcial, haya cometido un acto así, él que siempre ha sido un baluarte inamovible para esta oficina y un empleado ejemplar en la empresa, es algo completamente ridículo. Sería el gran chasco de mi vida y profesionalmente me sentiría fracasado, justo ahora que me voy a jubilar, pero también en aras de esa profesionalidad, no me queda más remedio que dudar, aunque se me vaya el alma. Usted don Rosendo sabe cómo apreciaba a ese chaval desde que vino aquí, que he vivido el sufrimiento de su separación y de su soledad posterior. Prefiero aferrarme a la idea de que han sido unos profesionales, pues no me explico que con la cantidad que había en la oficina, entre la Caja y el Cajero, Marcial se lanzase a una aventura tan increíble. ¡No!, es inexplicable y me niego a creerlo, desde la lógica y el sentimiento.

Justo en ese momento sonó el teléfono del despacho y don Rosendo descolgó tranquilamente. Era Marta, para comunicar que llamaban de la Central de Procesos Informáticos para pedir que les confirmasen un hecho irregular que habían detectado en el uso, posiblemente fraudulento y sin conocimiento de su propietario, de unas tarjetas y unos descubiertos en las respectivas cuentas que soportaban dichas disposiciones. Pedían hablar con el máximo responsable de la oficina, pero se negaban a explicar más, sólo había podido saber que tenía que ver con un empleado de la sucursal. Don Rosendo admitió la llamada, se identificó y a medida que escuchaba lo que al otro lado del hilo telefónico le iban contando, asentía con una brevísima afirmación, hasta un momento en el cual pidió a su interlocutor que repitiese lo que le acaba de contar otra vez, pues tenía ante sí a la policía y otras personas que debían escuchar toda la historia. Pulsó el botón manos libres del teléfono y, mirando a Azcárate, afirmó:

– Aquí tiene su explicación.

CAPITULO 9

El psicólogo concluyó su análisis diciendo que si bien era cierto que había más de un trabajador descontento en esa oficina por los problemas particulares o profesionales que fueran, incluso alguno con el arrojo necesario para intentar perjudicar a su empresa, no adivinaba en ninguno el valor suficiente para ejecutar un robo de la magnitud del que allí se había cometido y continuar después al pie del cañón, aunque no se podía descartar ninguna posibilidad. El tipo de interrogatorio que podía dar luz sobre el caso y hacerse venir abajo al culpable, de haber alguno allí, no era el que él estaba capacitado para realizar, pues su tarea habitual consistía en analizar e informar sobre la capacidad anímica, la madurez psicológica y las potencialidades profesionales de cada empleado, el otro tipo de inquisitoria era cosa de la policía. Y guardó un silencio expectante.

– ¡Pero hombre de Dios, mójese un poco! –dijo Don Rosendo–, concrete usted algo, o al menos descarte y quédese con el resto, nombre y apellidos, para que la policía pueda investigar a la vista de la llamada que acabamos de recibir. Es menester urgente denunciar el robo de forma oficial y presentar una querella de inmediato, aún cuando las investigaciones derivasen luego en otra dirección.

El hombre solicitó un tiempo para releer sus notas y los expedientes de todos los empleados de la sucursal, incluyendo los ausentes, pues no quería lanzarse a un juicio tan severo sin tener suficiente claridad en sus ideas. El director ejecutivo provincial, nervioso porque el tiempo transcurría en su contra, accedió y ordenó a Azcárate que agilizase los procesos de cuadre y control contable, a efectos de que cuando se cerrase la puerta de la oficina a los clientes, los empleados estuvieran disponibles para lo que fuera necesario mientras la policía no dijera otra cosa, e incluso que aguardasen un breve tiempo más antes de irse a almorzar, ya que no iba a ser necesario comer allí, como en un principio había pensado. A los agentes les propuso revisar nuevamente la Caja fuerte para dejar trabajar tranquilo al psicólogo e ir adelantando lo que se iba a escribir en la denuncia, junto con el informe que habían recibido ya del técnico vía fax.

Azcárate fue informando uno a uno a los empleados de las decisiones que se estaban tomando en el despacho, atendió los asuntos que en realidad eran urgentes, con la diligencia habitual en él, pero con un creciente desánimo. Marta demostró una entereza ejemplar, auxiliándole en todo momento y despachando lo mejor que pudo a los pocos clientes que en esa mañana reclamaron una mayor atención, aunque sin el ánimo de otras ocasiones. Demostró ser una profesional muy capaz, además de una estupenda compañera que sabía arropar a sus iguales, sus subordinados y hasta a sus superiores en los momentos más difíciles, algo que había aprendido de Marcial. El resto de los compañeros susurraban sus temores de mesa en mesa al comprender la gravedad del asunto, el no dejarles marchar libremente dejaba entrever que existía una duda razonable sobre la honestidad de alguno de ellos. Cada uno lo encajó de una forma diferente: Luis se retiró a la zona de archivos para reanimarse de un ligero mareo que sufrió por culpa de la tensión acumulada durante la mañana; Juan despotricaba por los rincones contra unos y otros y desatendió totalmente su trabajo, se quejaba de que él necesitaba salir a tomarse su "desayuno", o sea, la copita de media mañana, pero también se quejaba de que tuviera que quedarse en la oficina al acabar su horario. Cuando Marta le oyó, pidió a un compañero de los que habían venido de refuerzo, que comprara en una tienda cercana una botella de algún licor y la dejara en el almacén, Juan no era el único seguramente que necesitaría tomarse un tónico ese día.

El público no se enteró de nada, aunque los habituales, se extrañaron de la cantidad de empleados nuevos, sin que se apreciaran apenas bajas. También llamó la atención a más de uno el trasiego que había ese día en torno al despacho del director y hasta la actitud de los empleados antiguos, serios y graves como nunca. Ni las vecinas ni la familia de Inés tampoco llegaron a saber nada, pues pretextó su tardanza explicando que había venido un importante jefe desde la capital y había tenido que hacer una jornada especial, lo que no sorprendió a nadie ya que era habitual en ella dilatar su horario. Así pues, de la mejor manera posible, el reloj marcó el fin de la jornada, quedando a la espera de la decisión de permanecer en la oficina o marcharse. No se pudo evitar que surgieran abiertamente los comentarios y se empezase a deshojar la margarita de qué había pasado. El morbo llenaba las conversaciones y se aludía a otros robos, atracos y similares, bien leídos en los periódicos, bien vistos en el cine e incluso, vividos personalmente por alguno. Quien más y quien menos tenía algo que decir sobre el acontecimiento, todos menos Marta y Azcárate, que se dedicaban a su trabajo percibiendo el murmullo general como un flagelo sobre sus mentes. Oían entremezclado el nombre de Marcial con demasiada insistencia. Luis Cuenca tampoco participaba en la vorágine calumniadora, sentado meditabundo y alejado de todos en los archivos, con el rostro transido de ira y una copa en la mano era la viva imagen de la desolación.

Don Rosendo y los policías en la antesala de la Caja fuerte comentaban las distintas posibilidades, el informe del técnico, tomaban notas y más fotos. No cabía duda de que no había existido violencia contra la apertura ni en el desvalijamiento, el blindaje de las paredes estaba intacto. Consistía éste en dos planchas de acero entre las que se rellenaba el hueco de hormigón, entre las tres capas sumaban medio metro, además del ladrillo y yeso que recubrían ambos lados. Ni los cajetines del dinero, ni la verja, ni la puerta estaban forzadas, sin embargo, las llaves no aparecían. Dentro de la dificultad se podía suponer que habían sido abiertos con un juego de llaves maestras, como el que los profesionales del ramo usan, o incluso haberlas fabricado a medida en cuestión de minutos con una de esas pequeñas máquinas de cerrajero que venden en los comercios especializados, aunque una vez dentro lo más sencillo era que hubiesen encontrado las auténticas y las utilizaran llevándoselas tras cerrar para crear mayor confusión. Lo que ya no era tan fácil de aclarar era la manipulación del sistema de apertura retardada de la Caja fuerte ¿cómo habían conseguido forzar los temporizadores desde el exterior? ¿con unos imanes? Y aún así ¿cómo desbloquearon la clave de seguridad? ¿Es que acaso el ladrón conocía todos los pasos necesarios para abrir la puerta sin forzarla?, entonces ¿podía ser un empleado?

– ¿Don Rosendo? –era el Auditor, que esperó a que éste le invitase a entrar y hablar ante los policías–, no hay nada extraño en la cuenta de los empleados, salvo en la de Marcial, que está a cero. Todo el sueldo, que es el único importe que habitualmente tiene, lo sacó unos días antes. En cuanto a las tarjetas...

– Está bien, es suficiente, los indicios son muy claros y los señores policías aquí presentes ya los han entendido –dijo el director viendo llegar a la empleada–, relaciónelo todo en un informe para adjuntarlo a la denuncia.

En eso entró Marta para anunciar que el psicólogo los esperaba con las conclusiones. Don Rosendo le mandó que una vez que llegase el camión de transporte del efectivo a recoger hasta la última peseta que existiera, acompañada de un empleado de confianza, procediese al bloqueo de la puerta de Caja, que dejase operativo el Cajero y que despidiese hasta el día siguiente a los empleados de refuerzo. A continuación, entró en el despacho acompañado de los dos policías.

El hombre les recibió mirándolos por encima de sus gafas, tenía la mesa inundada de papeles colocados en un metódico orden, caótico para todo el mundo salvo para él. Entre sus manos había varios folios manuscritos a la carrera, comprensibles sólo para su autor. Aguardó a que todos tomaran asiento y se previniesen a escucharle con la máxima atención. Cuando comprobó que estaban listos, comenzó pausadamente su disertación.

Su examen se limitaría a dibujar un mapa psicológico de los empleados. Le faltaban datos, dijo, para emitir un veredicto que obtendría tras estudiar los mismos expedientes y notas que había utilizado ahora, amén de mantener entrevistas con los ausentes llegado su momento, aunque pensaba, en un juicio personal, que posiblemente no pudiera realizarlas nunca al completo por lo que a continuación iba a explicar. Lo que si tenia claro era que se debía volver a interrogar más profundamente a Inés y recomendaba a la policía que pusiera especial atención en ella, pero contemplando la opinión de Azcárate al respecto de Marcial en lo concerniente a la relación entre ambos. No se trataba de encontrar una posible participación de la limpiadora, en la cual él personalmente no creía, sino por la conexión que parecía existir entre ambos y afirmó que existen personas que tienen una capacidad innata de análisis que supera la de muchos profesionales tras concienzudos estudios. Para ejemplo, aunque fuera de un genuino humor inglés, citó la obra de Jack Popplewell "Vengan corriendo que les tengo un muerto", donde la mujer de la limpieza es la que realmente hace la labor del inspector de policía y descubre al criminal, dando una gran lección al verdadero investigador, que resulta ser un antiguo novio de juventud, aparte de la correlación de papeles el autor quiso demostrar que a veces la solución es lo más simple del caso.

– Estoy completamente convencido de que el ladrón ya no está a nuestro alcance, pero quizá sí un cómplice, activo o pasivo, si lo hubo. Potencialmente, cualquiera ha sido capaz de cometer el robo, pero realmente, se requieren unas cualidades determinadas que no adivino en ninguno. A saber: coraje, madurez psicológica y ambición, tal vez también, un cierto rencor hacia la empresa. Emocionalmente casi todos los empleados están bien definidos. Económicamente, también tienen solucionadas, en general, sus necesidades por medio de ingresos en actividades secundarias. Profesionalmente, ninguno tiene grandes expectativas de mejora, ni las desea por su edad, salvo Marta, que es la que fríamente más factores reúne a su favor para ser capaz de cometer un delito semejante por dicho motivo, pero su actitud en el transcurso de la jornada me hace desestimar dicho veredicto. Sin embargo, la frustración de tener una capacitación más que demostrada para acceder a un ascenso, al tiempo de los problemas que tiene que sortear para conseguirlo sólo por ser mujer, le pueden provocar un cierto deseo de venganza, con sus conocimientos e inteligencia, los métodos para llevarlo a cabo y salir impune le son muy sencillos, aún permaneciendo aquí y disimulando. Pero aún así, la descarto. De otros empleados que han insinuado su capacidad y deseos de ascender, simplemente decir que es un hecho cierto lo de *a río revuelto, ganancia de pescadores,* pero yo no los considero ni para el más simple robo.

"En cuanto a Marcial, su ausencia hace sospechar a cualquiera. Conoce y controla el funcionamiento de todos los rincones de la Sucursal, tenía acceso franco a la oficina cuando desease. Todos confían en él ciegamente, tanto sus superiores como sus compañeros, ninguno ha lanzado una sospecha fundada, sin embargo, sí apuntan la posibilidad por muy leve que ésta sea. Y lo que se ha descubierto hace un rato: las tarjetas que se han usado fraudulentamente para desvalijar los Cajeros de media provincia estaban a su nombre. El hecho mismo de que no se pueda contactar con él y a la vez, que tampoco haya llamado en toda la mañana, es un indicio demasiado potente. Su expediente habla de un profesional muy comprometido, pero que sometido a determinados condicionantes puede ser capaz de realizar actos de cierta envergadura sin determinar. En cuanto a su vida familiar, según me informan, hay que tener presente que su divorcio significó un cambio traumático. Alejado de sus hijas e hijo, a los cuales solo ve en los momentos que el Juez determinó, le hace sentirse aún más solo. Sus convicciones no le han permitido buscar relaciones esporádicas y aunque encontró otras mujeres, no llegó a una relación con ninguna que pudiera denominarse así. Su capacidad emotiva, entre unos y otros, se vio seriamente perjudicada y todo ello le llevó a un aislamiento personal mayor, su grado de relación externa era muy limitado, casi la totalidad de sus amigos son compañeros del trabajo. Nuestra empresa debiera haberle propuesto un cambio de oficina hace tiempo, de forma que los nuevos aires le hubieran permitido salir de la noria en que se había convertido su mundo, pero estamos hablando de entidades que sólo analizan a sus trabajadores en función de la productividad, nunca tienen en cuenta los factores humanos, lo cual digo a título personal, lógicamente, pero es que como psicólogo laboral estoy obligado a buscar la idoneidad de las personas antes que cualquier otro factor y eso me lleva a recomendar a un trabajador para un puesto cuando sé perfectamente que en otro, aunque se pierda una persona apta para las tareas específicas que se desean cubrir, se desarrollaría mejor como ser humano. Hablamos de números, beneficios y rentabilidades, no de seres que sienten y padecen.

"Mi recomendación final es pues, que, sin despreciar ahondar más en los interrogatorios policiales a todos los empleados de la oficina, busquen profundizar en las declaraciones de Azcárate y de Inés y localicen a la ex mujer de Marcial. Si a él no le consiguen encontrar inmediatamente, diríjanse a sus familiares y amigos más íntimos en busca de pistas para su localización. Por desgracia, don Rosendo, creo que tenemos razón en lo que sospechamos todos desde hace rato, pero no debo yo decirlo sino un Juez. De todas formas, si se confirmasen nuestras sospechas, creo que no solo habrá dañado la imagen de la empresa y de la sucursal, si no que además alguna cabeza va a caer por no pensar más en los que tiene a su cargo: seres humanos que un día nos dan un susto como este u otro peor. Definitivamente, si no ha sido un profesional, alguien lo ha hecho desde dentro, pero dudo mucho que haya tenido ayuda, además, sinceramente, no creo que haya implicado a nadie y eso demuestra su humanidad. La razón habrá que buscarla más profundamente".

– La ausencia de huellas extrañas en el recinto de la Caja, ya es un indicio que implica a alguien de dentro –concluyó el policía.

Con esto la sesión se dio por concluida. Los empleados que aguardaban impacientes por fin pudieron largarse, no sin antes ser advertidos que nada de lo que había ocurrido debía salir a la luz, al menos de momento, la discreción de todos ayudaría a evitar que el pánico entre los clientes cundiera. Su dinero estaba a salvo, bien podían contar que se trataba de una investigación sobre tráfico de drogas y blanqueo de capitales, por ejemplo y por eso había acudido la policía, pero que no eran los empleados los delincuentes, sino una red de empresas una de las cuales se había abierto una cuenta hacía poco. El psicólogo recogió sus papeles y se marchó inmediatamente. Don Rosendo cerró la sucursal acompañado del Auditor, Marta y Azcárate, a los que despidió con un rictus de dolor reflejado en su rostro. Y luego acompañó a los policías hasta la comisaria para interponer la correspondiente denuncia contra Marcial, el ejemplar apoderado que presuntamente había traicionado la confianza depositada en él. De la correlación de lo hechos surgiría la querella.

CAPITULO 10

Había pasado un mes desde que se produjera el robo y las diligencias policiales no habían dado ningún fruto. Siguiendo las recomendaciones del psicólogo de la empresa, se había tomado declaración de nuevo a cada uno de los empleados y se sometió a un interrogatorio más profundo a la limpiadora de la oficina y al apoderado Azcárate. Localizada la ex mujer de Marcial, Susana Laínez, se le hicieron una serie de preguntas con miras a aclarar el posible lugar donde pudiera haberse ocultado el presunto ladrón, visitando a los familiares y amigos más íntimos que citó, sin que ninguno diera referencias de su paradero, todos hacía más o menos tiempo que no le veían o hablaban con él, pero en cualquier caso siempre antes del día de los hechos. La policía también visitó al padre del desaparecido sospechoso, pero fue una entrevista vana, nada sabía el hombre y su disgusto fue mayúsculo al saber cuáles eran las sospechas que recaían sobre su hijo.

En ese plazo se había reincorporado al trabajo el inspector Lucas de sus vacaciones, el cual, al enterarse del suceso, solicitó que se le asignara el caso. Se desplazó hasta el pueblo, visitó la Sucursal y habló con todos los empleados, también visitó a Inés y a la ex mujer de Marcial, a la que conocía sobradamente por la amistad que le unía al matrimonio desde años atrás. Así mismo hizo con otros diversos familiares y conocidos de Marcial. Todos los indicios apuntaban que el autor era su viejo amigo, sin embargo, no encontraba la razón, el móvil siempre buscado, que le llevara a comprender por qué lo había hecho y cómo había sido capaz de romper con todo su seguro y bien asentado mundo. Si realmente Marcial cometió el robo, ya se encontraría muy lejos de allí, en un lugar seguro, pues no era lógico que permaneciese escondido sabiendo que le perseguirían inmediatamente después de descubrir lo ocurrido. Le conocía bien por su vieja amistad, era una persona perfectamente madura con una gran capacidad intelectual, por lo que no cabía esperar que hubiera sido tan descuidado como para no planear su huida hasta el final. Sí había sido capaz de ejecutar un desfalco semejante era lógico pensar que habría planificado su nueva vida lejos de todo peligro. Al margen de que no estuviera personalmente de acuerdo con el crimen, el inspector Lucas por ideología y por profesión, admiraba a aquellos personajes capaces de dar un paso tan serio y prever una serie de acontecimientos tras un detallado estudio de la situación y las posibilidades. Despreciaba al caco, al ratero, al pillo, pero admiraba al ladrón limpio e inteligente que pocas veces se daba, pero que había conocido en sus largos años de policía en diversas ocasiones, por tener una mente prodigiosa, fría y calculadora, que utilizaba las debilidades humanas para desvalijar los lugares más protegidos y seguros, respetando a los seres sencillos, le parecía hasta profundamente humano y excusable.

El inspector Lucas Garrido Barrios era un hombre íntegro y firme en sus decisiones, hecho a sí mismo en la lucha diaria, había ascendido gracias a su formación y a su espíritu de entrega al trabajo. De aspecto un poco aniñado, exhibía una rasurada barba de tonalidad entre castaña y cana, los ojos verdes y cansados, el pelo mayormente cano, rondaba la cincuentena, pero no lo aparentaba, tan bien parecido que aún seguía gustando a las mujeres como antaño, nunca le faltó compañía femenina. En ningún momento de su vida se dejó llevar por la corriente, tenía sus propias ideas, aunque era incapaz de imponerlas a los demás si no le daban ocasión.

Desde mucho tiempo atrás sabía distinguir perfectamente entre lo que quería y lo que no podía, y le gustaba indagar en el corazón humano, para descubrir sus miserias y sus miedos, origen de la mayor parte de los actos delictivos que se cometían. Incapaz de comprometerse con nada ni con nadie, no se llegó a casar nunca, en el fondo de su alma, le hubiera gustado, pero siempre tuvo miedo, ni se unió a ninguna organización, club, hermandad, partido político o sindicato, aunque sus ideas estaba tan claras que en más de una ocasión ayudó a nivel personal en alguna campaña. En una de esas conoció a Marcial. Difícilmente hacía una amistad nueva el inspector, sin embargo, se quedó prendado de la fuerte personalidad que emanaba de aquel personaje a pesar de ser tímido y retraído, congeniaron a la perfección. A raíz de ahí, muchas veces habían compartido charla y copa, salida nocturna o paseo dominical, encontrando numerosos puntos en común; sin embargo, eran muy diferentes, su propia independencia y convicción en los mismos ideales en sí mismos, les había hecho confluir en una similitud de pensamientos inverosímil para quien los hubiera conocido por separado. Incluso antes de que se produjese el divorcio de Marcial y Susana, él ya lo intuyó sólo con observar la actitud que la pareja mantenía en sociedad. Le dolía, por tanto, pensar que su viejo amigo fuera el autor del robo, nunca nada más lejos de su imaginación.

Tomó de una carpeta el informe del técnico que había abierto la Caja fuerte, iba acompañado por las notas de los policías que se personaron ese día en la sucursal y por un informe posterior de un perito policial. No cabía duda de que no hubo fuerza en la apertura de la puerta blindada, ninguna cerradura estaba forzada. El sistema consistía en unas claves numéricas sólo conocidas por tres personas en la Sucursal, una estaba imposibilitado esos días, el director, quedaban Marcial y Azcárate. Este último salió a su hora el día de autos con todo el resto de los trabajadores quedando solo el viejo amigo, el sospechoso a partir de ahora, en la oficina.

Lucas meditaba que, de no estar montados los relojes del retardo de la Caja, alguien mal intencionado sabiéndolo, sólo tendría que haber esperado y habría podido acceder fácilmente a su interior; tras abrir la verja y los distintos cajetines, podría haber sustraído todo el contenido con total calma, pues era la víspera de un festivo y nadie aparecería por allí. Luego se llevaría todas las llaves con él, impidiendo el día del descubrimiento del robo que se dieran cuenta rápidamente de lo que había pasado y provocando la confusión, con lo que aún ganaría más tiempo, unas horas, pero que, en caso de haber tenido algún retraso en su plan, podían ser cruciales. El perito no podía determinar que los temporizadores hubieran sido alterados, pero suponía su manipulación para que no se bloquearan a la hora debida, de forma que el resto de los empleados se fue creyendo que, la Caja, como era habitual, se había cerrado hasta la vuelta del pequeño puente, aunque en realidad su amigo, si efectivamente era él el ladón, sabía lo que tenía que hacer a continuación. Si Marcial hubiera usado imanes para alterar los relojes temporizadores, habría quedado huella de su manipulación, pero eso no había ocurrido.

También el Cajero apareció vacío. Y así fue desde la misma tarde que todo debió suceder, el método había sido el normal, nada de violencia, simple extracción lenta y metódica a través de su funcionamiento normal, como cualquier cliente. Si fue

Marcial y lo hubiera querido así, habría abierto el aparato y se hubiese llevado mondo y lirondo todo el contenido, pero no lo hizo, usó el método más laborioso de extraerlo contra unas tarjetas como un cliente más ¿por qué?, se preguntaba el inspector. Dudó un instante, hasta que recordó que había leído en la declaración de Marta, que determinadas tareas de manejo de efectivo las realizaba ella como complemento a su formación como futura apoderada. Por tanto, Marcial no podría haberlo manejado a su antojo y tuvo que utilizar el método ladino de las tarjetas para vaciarlo, aún a riesgo de que algún cliente se le adelantase y restara lo que se llevase de su botín. Ahora estaba claro. El tiempo que medió entre este hecho y la salida normal del trabajo fue el que utilizó para desvalijar la Caja fuerte. No cabía duda. A continuación, se dirigió al resto de cajeros de la plaza y alrededores, cuyo rastro fue muy fácil de seguir, por que las transacciones electrónicas de estos aparatos quedan reflejadas mecánicamente ¡qué ironía!, el dinero de plástico tenía un defecto sobre el tradicional y es que no era tan anónimo. Si acaso el papel llegara a desaparecer, tal vez muchos policías se quedarían sin trabajo en la brigada correspondiente, pues seguir el rastro electrónico era más sencillo, en cuanto al numero de efectivos dedicados a ello.

Tomó ahora el informe del psicólogo acerca de Marcial. No cabía duda de que se inclinaba en el sentido de destacar que la personalidad de su amigo reunía los requisitos suficientes para convertirle en el autor material de los hechos. Su misma madurez, a la vez formada y a la vez frustrada desde su juventud, le conferían el espíritu necesariamente rebelde para afrontar una acción de tal calibre. El sometimiento de años a los deseos de su mujer, la decepción de no poder mantener consigo a sus hijas e hijo, el tener que renunciar a una carrera profesional a la vez que a una convicción personal, justamente por mantener aquella, el sentimiento de olvido que le había provocado dicho abandono en la relación con sus superiores, mientras que la empresa crecía y se deshumanizaba, la presión de objetivos comerciales y la producción diaria era algo que ya no le producía interés, entre todos decía, le habían inducido a tomar una decisión profundamente meditada y planificada. Lo más probable es que la idea hubiera ido madurando lentamente, es posible incluso, que una serie de casualidades le llevaran a plantear tan detalladamente el robo e incluso la huida, hasta es casi seguro que en algún momento lo ensayó comprobando que era totalmente factible. Su capacidad mental así lo apuntaba.

El psicólogo más que una recomendación había emitido una acusación, seguramente presionado por los acontecimientos que se precipitaban dentro de la Entidad. El lobo había asomado las orejas y él las había visto a tiempo, si no era capaz de demostrar que ya apuntó algún indicio irregular en la personalidad del acusado con suficiente antelación, su profesionalidad se vería en entredicho y podía correr peligro su puesto de trabajo. Como tantas veces le contó Marcial, había sonado el "sálvese quien pueda" y en este tipo de empresas tan competitivas, eso era el banderín de salida para una serie de pisotones, codazos y zancadillas a diestro y siniestro; eso se valoraba mucho, la capacidad de supervivencia y sólo los más audaces tenían futuro.

El informe sobre Inés, la mujer de la limpieza era muy escueto. Si bien el psicólogo apuntaba que no existía duda de que sabía algo más de lo que decía, los policías encargados de la investigación hasta entonces afirmaban que no había indicio que apuntase ninguna complicidad y la excluían totalmente. No obstante, entre los objetos que se encontraron en el registro que se realizó entre los enseres particulares de cada empleado, incluidos los de los ausentes y en los armarios de la limpieza, se pudo establecer una conexión indeterminada entre Inés y el sospechoso Marcial, algo que no ocurría con el resto de los empleados, pero que el inspector desechó inmediatamente por no considerarlo determinante, sin embargo, como amigo suyo lo tendría en cuenta a nivel personal. Su entrevista con la buena mujer le confirmó que pensaba que Marcial había sido el autor del robo, aunque nada dijo, pues era seguro que lo llevaría como un secreto hasta la tumba. Este conocer al otro tan profundamente que se daba entre la mujer y su viejo amigo, le llevó a la conclusión de que existía una sintonía entre ambos que iba más allá del simple trato que por ósmosis relacional, se produce entre dos personas que llevan trabajando juntas tantos años. Una mirada triste y apagada de la mujer le hizo desistir de profundizar en su secreto y respetó su silencio adivinando su dolor, "lo siento" fue lo único que dijo cuando se despidió de ella a modo de pésame.

El inspector Lucas se balanceaba en el sillón de su despacho, dejando colgar sus pensamientos a ver si así lo veía más claro, era su método figurarse que en una invisible cuerda colgaba las pistas por encima de sus ojos para tener una vista panorámica con todas ellas a la vez. A la vez se colocaba en otro plano y espacio mental, totalmente ausente del hecho mismo que estaba analizando y dejaba al subconsciente trabajar. Al toque de unos nudillos en la puerta, volvió a la realidad. Angulo le entregó la lista que había pedido sobre los diferentes medios de transporte que el día en concreto del robo, tenían su salida en el pueblo y alrededores desde cuatro horas antes de la medianoche hasta el mediodía del día siguiente, fuera cual fuera su destino. La pista de Marcial se perdía tras el último cajero desvalijado, después nada, ni el coche aparecía siquiera. Sin embargo, en sus desplazamientos por los cajeros del centro de la capital, había una secuencia rítmica muy precisa, cada cierto número de ellos se producía un parón de varios minutos.

El ladrón, Marcial si se demostraba, había calculado el tiempo que se invierte en ir andando de uno a otro, como había comprobado personalmente el propio inspector, desplazándose por dicho recorrido y tomando nota de todo. Era de suponer pues, que en algún punto intermedio iba almacenando el fruto de sus capturas.

Sobre el mapa encontró dos o tres garajes públicos, pues hubiera sido demasiado arriesgado dejar el vehículo en plena vía pública, por cuánto costaba encontrar sitio libre en la calle pero también por la dificultad de actuar a la vista de todo el mundo cuando vaciase su cargamento de billetes, más en un lugar céntrico y en festivo. Tal vez de haber actuado con un cómplice le hubiera ido pasando la carga y éste hubiera esperado metódicamente su turno, pero como los tiempos cuadraban, era obvio que trabajó solo para que le diera tiempo de acudir a un determinado punto no muy lejano e incluso en el propio camino entre unos cajeros y otros. Así que el inspector visitó los parkings públicos del centro, exhibía una foto de Marcial a los empleados, pero lógicamente resultaba imposible que se acordasen de alguien en particular que habría pasado de lo más desapercibido, lógicamente.

¿Y para huir?, lo tenía fácil: tren, autobús, avión, cualquier medio cuadraba y ofrecía servicio entre las horas estudiadas. Repasaron las cintas de vigilancia del aeropuerto y de la estación de ferrocarril, pero fue inútil. En cuanto a los autobuses, no había videos que mirar y las posibilidades que se abrían de viajar eran infinitas, podía haber escogido cualquiera de los que cruzan el país de punta a punta, o combinar uno regional o provincial con un tren que partía desde otra ciudad no demasiado alejada e incluso, si se alejaba lo suficiente, viajar hasta otro aeropuerto desde donde volaría a cualquier destino. Tampoco podían descartar que hubiera intentado el autostop, muy arriesgado, pero de nula huella. No, el sistema iba a ser complicado de encontrar. El inspector Lucas se sentó, sus ojos se abrieron desmesuradamente observando el cuadro que tenía frente a sí, representaba el desembarco de Colón en el nuevo mundo, no le gustaba la lámina, pero cuando cogió el despacho ya estaba ahí y nunca hizo por quitarla. Sin embargo, tal vez fuera útil por una vez, su magín comenzó a trabajar deprisa. Si Marcial y/o el ladrón/cómplice en caso de haberlo, o haberla, pretendían una nueva vida, jamás podrían conseguirlo en su propio país y quizá tampoco en uno europeo, numerosos tratados de extradición le obligarían a permanecer permanentemente oculto y huyendo. Eso no era vida. Por tanto, su meta debería haber sido cruzar el océano ¡claro! Y dirigirse a uno de esos paraísos fiscales que conocía bien. Ese era el fin y para más colmo ¡habría huido en barco!

Tomó un mapa de la provincia y se dispuso a llamar a su ayudante, Angulo, justo cuando éste entró por la puerta del despacho nerviosamente satisfecho.

– Han encontrado el vehículo de Marcial, inspector, estaba en un descampado de la capital, completamente desvalijado y convertido casi en chatarra, eso sí. –Suponían que lo habían robado, tenía numerosos golpes, seguramente originados por una mala conducción, tal vez usado en algún alunizaje u otro delito, de todas formas, había sido finalmente desmontado para sacarle las piezas y venderlas en el mercado de segunda mano; por el lugar donde lo encontraron, así lo suponían. En breve llegaría el informe de las huellas dactilares encontradas.

– Eso nos servirá de poco o más bien, de nada ya –dijo el inspector mirando hacia el cuadro.

CAPITULO 11

– No es necesario comprobar las huellas, estoy seguro de que pertenecen a algún ladronzuelo común de los muchos que tenemos fichados, el cual usó el vehículo durante todos estos días y luego quiso sacarle el máximo provecho desbaratando sus piezas para venderlas en el mercado negro, teniente. Marcial supo perfectamente lo que tenía que hacer ¡bravo! –afirmó sonriendo el inspector–. Lo comprobarán cuando lo interroguen, ahora vamos a lo importante.

Víctor Angulo era un joven recién salido de la Academia que se había incorporado con el inspector Lucas para completar su formación práctica. Montones de procedimientos y sistemas de investigación teóricos, aprendidos concienzudamente en la Academia, inundaban su mente y chocaban frontalmente con los métodos del veterano inspector basado en la experiencia acumulada en años de servicio. El joven policía le miró sorprendido sin explicarse cómo podía deducir una cosa así, pero estaba acostumbrado a que su jefe encontrara una salida antes que ningún otro la viese y aceptó la sugerencia como totalmente cierta. No obstante, quiso expresar lo que le rondaba la cabeza a fin de demostrar que él también pensaba en el caso y le preguntó si no podría ser que el sospechoso hubiera sufrido una especie de secuestro y robo posterior, estando ahora ante los restos de dicho suceso. El inspector elevó sus ojos hasta fijarlos en los de su interlocutor, que creyó haber opuesto a la teoría de su jefe otra con posibilidades, hasta que aquél negó tajante con la cabeza y añadió:

– No se olvide, Angulo, que Marcial es amigo mío.

El veterano policía sí necesitaba, sin embargo, que le informase urgentemente de los horarios de todos los medios de locomoción que en cien kilómetros a la redonda partieran con destino al otro lado del océano el día del robo y el siguiente también. Para lo cual le mostró el mapa que tenía extendido sobre la mesa señalándole las ciudades de las que quería información. El joven Angulo partió diligente y sin comprender el alcance de la respuesta recibida, a realizar el encargo de su superior. Al quedarse solo, el inspector Lucas Garrido esgrimió un gesto de amargura en el rostro y se dijo a sí mismo que estaba ante un ejemplo de lo que él siempre había admirado en el mundo del hampa: un ladrón meticuloso e inteligente, con los suficientes escrúpulos como para intentar no perjudicar a seres inocentes, aprovechándose de las debilidades de las grandes fortunas o de las grandes empresas. Era el prototipo de héroe popular que en breve saldría en las portadas de los periódicos, para que tantos otros seres anónimos animasen sus tertulias y le envidiaran en el silencio de sus frustraciones personales.

Sin embargo, se encontraba moralmente hundido, rumiaba sus pensamientos evocando al amigo huido, deseándole de verdad toda suerte de venturas para que consiguiese su fin y nunca se pusiera al alcance de su placa, no quería verse obligado a detenerle, lo que haría sin dudar, pues su oficio era su vocación, cuando le sobrevino un recuerdo perdido. Fue en una mañana de domingo, hacía aproximadamente dos meses, cuando como en tantas otras habían quedado para pasear y tomarse una cerveza, tal vez hasta comer juntos, Marcial insistió mucho en ir al embarcadero de los ferris, por ver el ambiente del puerto y así lo hicieron. Anduvieron por allí largo rato, comentando cualquier cosa, observando a los viajeros que asidos a sus maletas, bolsos o enseres en general, aguardaban un barco que les bajaría por el río hasta la ciudad costera e iniciaron un juego de conjeturas por ver si adivinaban dónde iban, unos a pasar el día en las cercanas playas, otros a hacer un corto viaje para visitar familiares o amigos, algunos a trabajar, o quizá iniciar unas vacaciones anodinas en ese tiempo, y otros... *"¡a realizar un largo viaje a través del océano!"*, había dicho Marcial como sin darle importancia. Se sintió ridículo, ya tenía la pieza que le faltaba.

Marcial había salido con su coche repleto del "equipaje" conseguido de la capital para embarcar en un ferri, sin duda, desde el pequeño puerto sin vigilancia que había en la primera parada del trayecto cerca de su población natal, obviamente no había usado el puerto de ésta porque allí se encontraría seguro con muchos conocidos. El barco-bus le llevó hasta otra población más grande seguramente en la misma costa que le comunicaría con su destino final, por mar o por avión quizá, pues en un punto cercano existía un aeropuerto, además de tercera clase y por tanto poco transitado. O tomar un trasatlántico que cruzara el océano desde el mismo puerto donde lo dejó el ferri, aunque eso era muy peligroso, el viaje duraba demasiado tiempo y a fin de cuentas, en la nave no tenía escapatoria y le interesaba sentirse seguro cuanto antes. Cargado con su equipaje millonario de maletas corrientes, se había mezclado con el resto de los pasajeros. Justo el día que se iniciaba un largo puente, a nadie llamaría la atención verle, aún en el caso de que un conocido hubiese advertido su presencia en el puerto, podía despistarle fácilmente so pretexto de un viaje ocasional y una vez llegado a destino, enlazar con otro medio de comunicación, este ya definitivo, que le cruzase el gran charco.

Al abandonar la ciudad tal vez se hubiera deshecho de su vehículo tomando el autobús que enlaza la capital con el puerto, o tal vez había viajado en su coche hasta el lugar abandonándolo a su suerte en unos aparcamientos poco seguros, como por su profesión muy bien sabía. Cualquier caco lo cogió prestado sin saber el favor que le estaba haciendo a su amigo ¿era posible que el mismo Marcial hubiera diseñado la forma de olvidar las llaves del coche de un modo tan exacto como para facilitar su robo y así tener más tiempo para escapar y diluir su rastro en pistas falsas? Sí, así lo creía, a la vista de lo que había sido capaz de hacer hasta ese momento.

El inspector Lucas se volvió a admirar de la capacidad del ser humano para razonar en los momentos más apurados. Estaba convencido de que cualquier persona sometida a ciertas condiciones reaccionaba de forma sorprendente hasta para él mismo, únicamente había que proporcionarle el ambiente adecuado. Lo difícil iba a ser explicarlo en el informe que tenía que presentar a sus superiores, cómo decir que había sido más listo que todos sus perseguidores y que, lo más grande aún, por primera vez en su existencia había elaborado un plan para cambiar su vida por completo. Por primera vez iba a demostrar a todos los que le habían infravalorado que el jugársela con él no había resultado rentable a la larga ¡cuántos rasgones de vestiduras iban a producirse! ¡cuántos arrepentimiento en muchos de los que pasaron por su lado tomándole como un ser débil y fácilmente manejable, sin personalidad ni voluntad, como don Rosendo y la misma Susana! ¿qué les iba a explicar ésta ahora a sus retoños? ¿qué su padre se había convertido en un héroe popular al atracar una de las empresas más fuertes del país? ¿pensaba que así conseguiría que los hijos odiasen a su progenitor? Cuánta alegría y cuánta tristeza al tiempo en aquellos que le habían querido y sin comprender muy bien por qué, rememoró la mirada intensa de Inés, pero también su tranquilidad de ánimo, ella era la única que lo supo desde un principio, sin dudas, sin poder decir ni cómo ni por qué, pero lo supo y calló. Sin beneficio, había sido un poco cómplice.

Sonrió ligeramente y se sintió satisfecho pensando en la gran trama que Marcial había montado para huir, cómo había sido capaz de escapar y dejar con dos palmos de narices a los investigadores, incluido a él, por supuesto, pues mientras todos le creían angustiosamente oculto o huyendo trabajosamente, en realidad ya estaba tranquilo en su lugar de destino. Seguramente llegó mucho antes de que acabase el fin de semana y lo único que había hecho era poner trampas a sus perseguidores para que creyeran que aún estaba tratando de esquivarles. Había insinuado por medio de falsas pistas, que su huida era larga y costosísima, que por eso había hecho desaparecer llaves y coche, para ganar tiempo, cuando en realidad le bastaba poco menos de veinticuatro horas para desaparecer del territorio nacional y otras tantas más para situarse en lugar seguro, como máximo.

Angulo entró con una relación escrita a mano de los posibles medios de transporte utilizados. Su jefe le pidió con una mueca cómica que le leyera la relación. El policía fue citando barcos y aviones alternativamente, con sus diferentes puntos de embarque y con sus horarios, todos con la misma meta en las lejanas tierras del Nuevo Mundo, *"nuevo mundo, nueva vida"*, recordó el inspector Lucas que había dicho Marcial. Cuando acabó se quedó esperando sin saber qué hacer, hasta que su superior le pidió que la volviese a leer, pero más despacio.

– ¡Ese es, ese es!, ¡así huyó mi amigo Marcial –dijo el inspector cortándole–. Angulo, contacte con la central de los ferris, pregúnteles, el pasaje debió ser nominativo y me apuesto con usted una cena a que el destino final era la estación término de donde parten los barcos que cruzan el Estrecho de Gibraltar, pero Marcial no llegó, debió de bajarse aquí –señaló en el mapa Cádiz– y desde allí tomó un autobús hasta el aeropuerto de Jerez ¿a que de allí salieron vuelos hacia el continente americano?, pues pregunte, seguro que hay un billete a su nombre.

– ¿Su nombre? ¿no cree que viajaría con identidad falsa?

– ¿Para qué? Aún faltaban cuatro días para que se descubriera su robo. Y una vez en destino…

Había sido admirable ¡sí señor!, un robo limpio y perfecto acompañado de un plan de huida digno de patentarse si hubiera cómo. Si el inspector no hubiese tenido unas convicciones tan firmes, habría admitido el utilizar la vieja formula de inclinarse al frente y decir "chapeau".

CAPITULO 12

Querido amigo Marcial:

Allá donde te encuentres que seas muy feliz. De todo corazón te lo deseo. Abandonaste una lucha que era imposible, comprendo tu pesar al marcharte, pero estoy seguro de que completamente dichoso no lo serás nunca, por desgracia, aunque lo merezcas.

Me consta que te has puesto en contacto con tu familia no hace demasiado tiempo, aunque lo ignoré pues lo supe extra oficialmente a través de tu padre, él te hará llegar esta misiva. Hace unos días que vino al despacho a verme y con lágrimas en los ojos me confesó que tus eras la persona más valiente del mundo, pues tuviste el arrojo suficiente para enfrentarte a tu situación, mientras cualquier otro nos hubiéramos conformado, dejándonos pisar a cambio de tener cubierto el sustento diario. Has sido capaz de renunciar a tu tranquilidad, a tus amigos y al cariño de tus seres queridos por demostrar que estabas vivo, que eras un hombre libre que rompía las ataduras a voluntad. Seres como tú, que se rebelan y se aprovechan de las debilidades de los gigantes para golpearlos hay muy pocos, no puedo por menos que estar de acuerdo con él, tu padre, aunque ambos seamos del grupo de los cobardes en realidad. También me confesó que a veces iba a pasear al puerto donde cogiste el ferri aquella noche, esperando respirar el mismo aire que respiraste tu por última vez. Lo encontró muy cambiado pues lo han reformado a raíz de tu huida, le han dado un nuevo diseño de forma que todos los viajeros entren por el mismo sitio y sean recogidos por las cámaras de seguridad que han instalado, al

125

igual que en aeropuertos y estaciones de ferrocarril. La empresa dueña de la que explotaba las instalaciones portuarias, mediante una sociedad interpuesta, era la misma en la que tu trabajabas, formando uno de esos entramados de compañías cuyo último propietario nadie conoce.

Hablando de tu antigua empresa: como ya sabrás, entre el agujero que tu hiciste y la sanción administrativa a que fue sometida por falta de seguridad, ya no existe como tal, no es que tuviera que cerrar claro, bien sabes que estas sociedades no quiebran nunca. Pero sus directivos fueron condenados por falta de rigor profesional en el cumplimiento de los usos bancarios y apartados de sus cargos por sentencia judicial. Tu director provincial, don Rosendo, del que tan mal hablabas, despedido fulminantemente con informes muy negativos. Así, desmantelada y desprestigiada, fue adquirida por otra entidad mayor, el pez grande se tragó a otro menos grande para hacerse aún más voraz, no te creas que se han enmendado, hacen lo mismo, pero con otro nombre. En cuanto a tus compañeros, han sido jubilados o trasladados y nadie está ya en su lugar, quizá haya sido la consecuencia menos positiva de tu aventura, pero no te sientas culpable.

A Azcárate le dieron la baja médica por depresión hasta enlazar con el cercano momento de su retiro, todo fue mentira, no estés preocupado, pues si bien lo pasó muy mal con todo el asunto en pleno auge, nada le fue imputado a su responsabilidad, sólo quisieron quitarlo de en medio de forma razonable e iniciar un cambio de imagen. A Juan González y otros dos más les ofrecieron la prejubilación y casi les obligaron a aceptarla, en cierto modo ha sido una solución beneficiosa para ellos por cuanto que ha significado el descanso. Juan continúa su vida desastrada pero tan feliz de no tener que hincar el callo y de poder estar todo el día con amigotes.

A tu fiel amigo Luis Cuenca lo veo de vez en cuando en el negocio de su mujer y está radiante, yo creo que te agradece lo que hiciste, pero no se atreve a decírmelo. Le ofrecieron una indemnización en metálico muy cuantiosa si renunciaba al puesto, que aceptó y se instaló por su cuenta, la otra alternativa era aguantar el chaparrón y esperar un obligado traslado para hacerle la vida imposible. Pues la idea de la nueva empresa era cambiar totalmente la imagen y no dejar a ninguno de tus antiguos compañeros en la sucursal. Sin embargo, Marta, si lo pasó muy mal cuando la obligaron a ocupar tu sitio inmediatamente, como aún no estaba muy suelta le costó un poco, pero al cabo de un año la han trasladado por fin, con un ascenso, a otra oficina de mayor envergadura, ahora es directora, una de las pocas mujeres que lo son en este cargo y la más joven, con diferencia.

¿Ves como no hay mal que por bien no venga?, la nueva entidad iguala a las mujeres y a los hombres y Marta y otras que vengan detrás, tienen ahora las mismas oportunidades que cualquier hombre; seguro que un día de estos me la encuentro de provincial, en todo caso por su edad, ha abierto las puertas a otras muchas.

Caso aparte es tu amiga Inés, que salió a relucir en el sumario más de lo que todos tus amigos hubiéramos deseado, creo que, por causa de vuestra amistad, aunque nadie hemos querido entrar en hasta qué punto llegaba. Por mi parte, cuando me entrevisté con ella saqué la conclusión de que algo secreto os unía, pero nada tenía ella personalmente que ver con el robo y la excluí inmediatamente, como homenaje a ti. Por desgracia, las noticias que tengo que darte no son satisfactorias. La buena mujer ha fallecido hace apenas un mes. Yo asistí al entierro en una silenciosa representación tuya, pues me imagino que te hubiera gustado estar presente en un momento tan amargo. Me permití acompañar al féretro un ramo de flores con la leyenda "de tu amigo en la distancia", no sé si se corresponderá con la realidad o si tu hubieras preferido algo más íntimo y personal, en cualquier caso, espero que te sirva de consuelo saber que de alguna forma estuviste aquí. Nadie se fijó en el detalle salvo una de las hijas. El marido, como tu sabes, no hacía muy buenas migas con ella y aunque estuvo presente, parecía tener prisa por que todo acabase cuanto antes e irse.

Cuando ocurrió lo del robo, Inés lo pasó muy mal, me consta, hasta se tuvo que dar de baja durante un cierto tiempo aquejada de un malestar indeterminado, yo creo que era melancolía, y cuando volvió al trabajo la detectaron una lesión cardíaca. Las personas que tienen el corazón demasiado grande les ocurre que les falla con la pena, ya sabes, y ella era todo bondad. A partir de entonces estuvo regularmente enferma, hasta que la obligaron a marcharse, con lo que la nueva empresa evitaba una carga social. Para sustituirla contrató con otras empresas las labores de limpieza, aunque como tu bien conoces, estas sociedades son también propiedad de las propias grandes financieras que adquieren sus servicios, evitando de esta forma tener empleados fijos, colocan como consejeros a personas que quieren premiar por alguna razón y que saben guardar el debido silencio y fidelidad. Después de eso, la vi varias veces por el pueblo, cuando ya estaba retirada, no salía *mucho y la salud iba a peor cada día, además, cada hijo tiró por su lado y la única con la que parecía entenderse bien era con María, la misma hija que se percató en el entierro del ramo de flores que yo traía, este hecho y su mirada me dio mucho que pensar, creo que al final Inés le contó algo a la muchacha.*

Por mi parte no he podido resolver totalmente el caso, de lo cual me alegro. Te seguí el rastro hasta el ferri, aunque tardé mucho tiempo en encontrar la forma que habías utilizado para huir y fue por pura casualidad. Utilicé el conocimiento que tenía sobre tu forma de pensar y algunos recuerdos sueltos de momentos que hemos pasado juntos. Quizá algún día me cuentes cómo saliste del país, si en avión o en barco, pero espérate a que me jubile, hazme el favor. A fin de cuentas, me quedan unos días para ello, pues aquí también están reestructurando y los más viejos comenzamos a sobrar.

No deseo más que estés bien y que no te preocupes de nada, tu familia tiene mi consuelo y tu recuerdo. Estoy seguro de que en algún momento te volverán a ver. Yo no te puedo aconsejar, no sería ético, pero no puedo evitar envidiarte en el fondo de mi corazón y desear volver a darte un fuerte abrazo, lo cual, espero hacer alguna vez. Hasta entonces, mi buen amigo Marcial, sigue vagando por el mundo con el recuerdo vivo de todos nosotros y de tus seres queridos ya no presentes, como nosotros te tenemos presenta a ti cada día y no sufras por la distancia que nos separa, pues el corazón del que quiere vence todas las dificultades del camino.

Un fuerte abrazo de tu amigo,

Lucas.

EPILOGO: LA FUNDACION

La historia de Luis Cuenca

PRIMERA PARTE: LAS VACACIONES

Desde la ventanilla del avión, las nubes se ven como una balsa que flota impertérrita en un mar de fondo blanco, el corazón intuye que la vida bajo ellas transcurre envuelta en un velo que oculta el bosque, lo verdaderamente importante, pues encima sólo caben los grandes pensamientos, la levedad de tantas preocupaciones que trae el día a día. Me figuro que todo aquel que viaja por primera vez en avión y puede observar este paisaje de documental, siente el mismo embargo íntimo, casi religioso, y reconoce la voluptuosidad de nuestras iniquidades mundanas. En mi caso, he tenido que superar, además, una experiencia totalmente nueva, algo tan cotidiano para quien está acostumbrado a viajar pero que para nosotros, como era la primera vez ¡a punto estuvimos de quedarnos en tierra por culpa de mi ignorancia! Cuando el policía de aduanas me solicitó la carta de embarque, le entregué el DNI, luego el pasaporte y después hasta la reserva del hotel, ¡tales eran mis nervios!, seguro que el agente ya estaba acostumbrado a los "catetos" como yo que viajamos por primera vez y lo comprendió, pero mi torpeza quedó patente. Más tarde, me tuvieron casi que echar para que me retirase de la máquina de escáner por la que pasan las maletas, pues me quedé completamente alucinado mirándola ¡Hay que ver!

El viaje se lo debía a mí esposa desde que nos casamos, entonces no teníamos medios y no pudimos ir de luna de miel. De hecho, nunca hemos ido más allá de la playa, a pocos quilómetros de donde vivimos, de romería en mayo, alguna visita a la capital o a un pueblo cercano y poco más. Cuando ocurrió lo de Marcial, me dieron una indemnización en el trabajo por abandonar mi puesto y montamos un pequeño negocio que ha ido a más en base a nuestro esfuerzo. Mi mujer se volcó por entero al tiempo que llevaba las riendas del hogar y cuidaba de nuestros cinco hijos. Ahora que marchan por su cuenta era el momento. Los dos mayores se han quedado con el negocio, el pequeño trabaja en la empresa que precisamente prescindió de mi en aquellos lejanos tiempos y las dos niñas se casaron con dos jóvenes que han llegado a ser dirigentes de sus respectivos partidos políticos, aunque de idología totalmente opuesta, donde a su vez trabajan ambas, lo que hace que las reuniones familiares sean "muy amenas".

Escogimos como destino uno de esos lugares del paradisiaco Caribe que las agencias han puesto de moda. Sol y mar, sin más preocupaciones. Aunque no puedo evitar pensar que alguien lo explota bajo mil concesiones y nombres de empresas que se solapan en una ventura de laberintos, con minotauro incluido. No quiero que mis pensamientos deriven hacia nada que no sea relajarnos, estoy muy cansado de la vida, de su lucha, además, mi esposa se merece este esfuerzo, lo es todo para mi y lo ha sido siempre, me doy cuenta. Visitamos la zona turística que los guías nos indicaron, contamos con la ventaja de que, a pesar de ciertos matices obligados por el cambio de latitud, podemos entendernos en nuestro propio idioma con los naturales. Por supuesto, los precios se reducen notablemente sobre lo marcado cuando los vendedores descubren que somos españoles, pero no por una especie de deferencia hacia la supuesta "madre patria", si no por que saben que el poder adquisitivo nuestro es menor que el de los "yanquis", verdaderos destinatarios del precio que figura en las etiquetas. De todas formas, no hay que extrañarse al descubrir que no somos para estas gentes ese maná del cielo que nos enseñaron de pequeños, habida cuenta de que nuestra implantación en estos lugares no fue una invitación a cenar, si no una invasión y conquista, muchas veces despiadada.

Fue el último día cuando, aburridos de tanta holganza, decidimos adentrarnos por la zona noble de la capital de uno de los pequeños países vecinos, olvidando las rutas turísticas llenas de paisajes y monumentos, en una isla muy cercana. El guía del hotel nos informó cuál era la avenida financiera más importante y nos aconsejó que no nos aventurásemos más allá del horario de cierre de las oficinas, no tanto porque hubiera peligro de robo o atraco, sino porque quedaban completamente vacías y como eran sedes de empresas muy particulares, cualquier paseante resultaba sospechoso. Sentía curiosidad por ver qué compañías internacionales se asentaban en ese paraíso, además de la omnipresente de los refrescos de cola, cuyos carteles colgaban de todos los locales con aspecto de bar, restaurante o similar. La Gran Avenida es preciosa, pues no faltan las flores exuberantes que ocupan los jardincitos que la jalonan en toda su extensión; grandes edificios, nunca rascacielos, de cristaleras impolutas, se alzan sobre un asfaltado perfecto, coronados con importantes nombres, unos conocidos, otros totalmente anónimos para nosotros, a pesar de que seguramente juegan un papel fundamental en nuestras vidas. Nos llamó la atención uno en particular, pues precisamente sobresalía por no ser tan grandioso, aunque sí de un estilo arquitectónico característico *de la tierra del sol y del mar.*

Se elevaba sobre la base un par de plantas simulando una cabaña indígena, con tejado a dos aguas que imitaba dos gigantescas hojas de palma. A la calle en la planta baja, daban cuatro grandes ventanales profusamente adornados con motivos que identificamos como indígenas y propios de las culturas precolombinas. En el centro se abría una puerta giratoria rodeada de dos murales de mármol en un tono teja simulando ser ladrillo. Nos quisimos acercar para verlo mejor. Sobre la entrada figuraba el siguiente letrero:

FUNDACION MARCIAL SANCHEZ CAURA.
POR EL DESARROLLO DE LOS PUEBLOS.

En uno de los paneles laterales de mármol había colocado una gran placa de granito que la ocupaba en su mitad superior. En relieve se descubría esculpido el rostro de un hombre maduro y una leyenda que decía:

A NUESTRO FUNDADOR, BENEFACTOR DE
CUANTOS A SU SOMBRA SE COBIJARON.

Y en el otro lado, bajo una bandera rojigualda impresa sobre la pared:

BENDITO EL DIA QUE DE ESPAÑA LLEGÓ
¡TENLO, SEÑOR, EN TU SANTA GLORIA!

AÑO DE 1997

No sabría decir si fueron horas o minutos los que estuvimos ante la fachada con la boca abierta, sin saber qué decir ni qué hacer. Resultaba al cabo, que nuestro viejo amigo Marcial, aquel que un buen día desapareció tras cometer un delito incomparable, volvía a cruzarse en nuestro camino sin haberlo llamado ni buscado. ¿Qué misterio encerraba ese pequeño edificio que nos volvía a reunir con el pasado ya olvidado de aquél que huyó un día sin dar más explicación sobre un acto tan impensable en su persona? ¿qué relación secreta para nosotros, guardaba con él? Ahora teníamos la respuesta al alcance de la mano pero no acertábamos a adivinarla.

Volvimos al hotel en un silencio absoluto. Lo que estaba claro era que Marcial, cuya imagen vivía inmortal en el granito de la placa de la entrada, ya no podía contarnos el final de la historia, sin embargo, algo suyo sí quedaba. Subimos cabizbajos hasta la habitación. En el ánimo de los dos planeaba una sola idea y en un solo momento lo decidimos, no podíamos marcharnos sin conocer el final de la historia de nuestro amigo, sin visitar su tumba que, como era de suponer, no moraría muy lejos, y depositar un ramo de flores en un postrer tributo a su persona y al profundo agradecimiento que guardábamos en nuestro corazón, pues por causa suya iniciamos una nueva vida que nos permitió vivir bastante mejor de lo que hacíamos con el mísero sueldo que yo ganaba hasta entonces. En la recepción del hotel no nos pudieron dar referencias de la Fundación, pero se encargaron de resolver todos los trámites para que pudiésemos prolongar nuestra estancia en principio cinco días más, ampliables a lo que necesitáramos y viajar sin problemas a la cercana isla.

Al día siguiente, nos levantamos muy temprano por culpa de la inquietud que anidaba en nuestro corazón. Tas un frugal desayuno nos dirigimos a la Fundación con la idea de enterarnos del trasunto de la historia. Una señorita muy amable nos atendió con un gesto que denotaba su satisfacción por el trabajo que desarrollaba. Pero no pudo satisfacer nuestros deseos de conocer el final de Marcial, no obstante, se quedó con nuestros datos prometiendo contactar con nosotros en cuanto alguien estuviese disponible para una entrevista. De vuelta al hotel, entre decepcionados e ilusionados, decidimos ocupar la espera llamando a nuestros hijos, aunque sin contarles la verdadera razón de nuestra permanencia en el país, simulando querer alargar nuestras vacaciones como banal pretexto. Por mi parte intenté averiguar algo sobre la Fundación, pero nadie parecía saber nada, y es que la información sobre las sociedades y empresas que radican en ese lugar es algo que a ninguno de sus habitantes preocupa, no en vano están en un paraíso fiscal mundialmente conocido.

Era la hora de la siesta cuando el teléfono repiqueteó en la habitación. De un salto lo cogió mi mujer, que tras un corto diálogo me anunció que nos esperaba un vehículo que nos conduciría al helipuerto de la isla y de ahí al lugar que deseábamos visitar, donde un responsable de la Fundación nos recibiría. A toda prisa nos vestimos y bajamos locos de emoción. El vehículo destacaba por su sobriedad, un modelo cualquiera y sencillo de utilitario. Lo conducía un nativo que nos amenizó con una afable explicación de cuanto veíamos a través de las ventanillas, pero que esquivaba aclarar cualquier dato sobre el tema que nos reconcomía. El viaje duró unos pocos minutos y aterrizamos en el helipuerto que había en el patio posterior del edificio de la Fundación.

A la llegada nos recibió la misma señorita de por la mañana y un joven de aspecto europeo que nos identificó: "¿señores Cuenca?, de España ¿verdad? ¡acompáñenme por favor!".

Pasamos por una puerta a un vestíbulo para tomar el ascensor, lo cual nos dio idea de que la profundidad del edificio no debía ser mucha. Aquel joven no paraba de mirarnos y sonreír. Nos bajamos en la primera planta y encaramos un largo pasillo de paredes pintadas en crema y suelo de brillantes baldosas, cubierto alternativamente de pequeñas alfombras de muy diferentes estilos. Todo era básicamente sencillo y de buen gusto. A lo largo de los murales colgaban enmarcadas, numerosas fotografías de momentos puntuales que nos condujeron a nuestros recuerdos. Allí se podían ver estampas de nuestra tierra y de España en general, de gentes anónimas disfrutando y riendo, de calles y monumentos que hablaban solos de la nostalgia. Instantes y tradiciones plasmados en el papel. Reconocimos todos y cada uno de los lugares y nos emocionamos al verlo. Había incluso una foto del ferri-bus cruzando nuestro gran río navegable a la altura de nuestro querido pueblo. Era como si un trocito de nuestro corazón colgase de aquellos lienzos impresionados por el clic automático de una instantánea.

– ¿Lo reconocen, verdad? –nos preguntó el muchacho sonriendo– ¿y a mi no?

Efectivamente, nos costó mucho, pero mi esposa que para eso las mujeres son más avispadas, lo dijo "¡eres el hijo de Marcial!". Nos emocionamos hasta la lágrima, sinceramente. Nos contó que llevaba allí mucho tiempo, su padre lo buscó y cuando cumplió la mayoría de edad se trasladó a la Fundación.

Nos fue explicando las fotografías que adornaban los pasillos, sin hacer demasiado caso por la dicha que nos embargaba, desconocidos hombres y mujeres de piel teñida de oscuro, de mulatos o de indios, rodeando a nuestro amigo Marcial. Sencillos personajes o elegantes miembros dirigentes de algún lejano país. Un gran nudo en la garganta amenazaba nuestras exclamaciones y las lágrimas pujaban por vencer la compostura.

Al llegar al fondo nos detuvimos ante una puerta que tenía la inscripción DIRECTOR DE PROYECTOS E INVERSIONES. El joven nos dio paso a un cuarto en forma de despacho oval donde varias personas trabajaban hasta hacía un momento y que estaban prontos a retirarse. De entre ellos, el que se quedó, era un hombre alto y delgado, cuyo aspecto bien parecido para su madura edad denotaba decisión y valentía, sin embargo, sus facciones nos resultaron familiares, pero no llegamos a identificarlo. Cuando nos saludó nos miró muy atento, como intentando reconocernos también. Sobre la mesa una peana de madera rezaba: D. Lucas Garrido Barrios. Y caímos en la cuenta ¡era el inspector!

– ¡Claro! y usted es Luis Cuenca y esta es su señora –. Nos invitó con un gesto a sentarnos frente a él– ¡que sorpresa! Permítame que les ofrezca un refresco. Me alegro mucho de volver a verlos.

Fue un momento incomparable. La emoción del reencuentro nos embargaba a los cuatro. Y tras reponernos vagamente, le interrogamos sobre las circunstancias que le habían llevado hasta ese lugar y sobre nuestro común amigo Marcial. De un solo golpe le bombardeamos con miles de preguntas que Lucas admitió con una sonrisa de satisfacción mientras nos pedía calma. Era un instante tan importante para él como para nosotros mismos, nos confesó, pues de alguna forma a través nuestra rehabilitaría la imagen de aquel al que tanto debíamos. El muchacho sonreía pero explicó que él no se podía quedar y se despidió muy cariñosamente. El antiguo inspector se lanzó a un discurso no por largo menos ameno.

– Marcial huyó con tal ingente cantidad de dinero que nunca llegó a declararse cuánto. Hasta yo mismo lo desconozco en realidad, pero supongo que debió ser muy importante, pues hizo zozobrar a una gran empresa como era en la que trabajabais. Su intención nunca fue cometer una fechoría para luego dedicarse a vivir de las rentas en contra de lo que se dijo por entonces, no era un ladrón, ni un canalla, ni un sinvergüenza, como le acusaron. Al contrario, elaboró un medido plan que le permitiese desarrollar sus sueños de juventud y legar al mundo una conducta noble, que, si bien no crease escuela, permitiese la felicidad a unos pocos. Sólo la fatalidad podía haber provocado

un error en su proyecto. Tan es así, que, sin nosotros saberlo, siempre estuvo al tanto de la evolución de nuestras vidas, vigilando que su acción no nos perjudicase demasiado y dispuesto a resolver las trabas que pudieran presentársenos".

"Con el dinero bien oculto, viajó en un corto espacio de tiempo hasta esta nación, la cual no tiene tratado de extradición con España. Fueron momentos muy difíciles, pues desconocía las costumbres de estas tierras, además, no llegó directamente, si no que tuvo que sufrir bastante hasta conseguirlo. Noches en vela al cuidado de su valioso equipaje, días de lucha continua por pasar desapercibido. Finalmente contactó con un personaje muy curioso y corrompido de la embajada, que le facilitó la entrada al país. La lucha no acabó ahí, pues estaba continuamente vigilado por las autoridades como sospechoso de no se sabía qué y es que no estaban dispuestos a permitir que ningún delincuente de baja estofa encontrase refugio en su paradisíaca isla. Tuvo que embarcarse en diversos negocios que le hicieron ir ganando prestigio, mientras su dinero permanecía depositado en un Banco, en una cuenta corriente numerada para ocultar su identidad. Cuando se supo seguro y dejó de interesar a las autoridades, creó la presente "Fundación para el desarrollo de los pueblos" *y puso su patrimonio a su disposición. Se nombró a sí mismo Gerente con un sueldo suficiente para vivir. De su ahorro personal invirtió en una agencia de viajes a través de una sociedad anónima, para promocionar las visitas desde Europa, con el objeto de generar ingresos adicionales que le permitieran vivir holgadamente y aumentar el patrimonio de la Fundación. No fue un camino de rosas y si alguna pena tenía pendiente por condena de su delito, la cumplió sobradamente con su esfuerzo".*

"Su ejemplo y su bondad le hizo ganar simpatías entre los seres más sencillos de la isla, a los que benefició en numerosas ocasiones. Una vez a pleno rendimiento la Fundación, contactó con diversas organizaciones humanitarias internacionales de carácter no gubernamental, casi todas radicadas en España y les ofreció su patrocinio. Lo cual revertió en el desenvolvimiento integral de su idea. Así pues, se cumplió su sueño muchas veces proyectado en el silencio de una desvelada espera agazapado en su trabajo. Hoy día, se conserva la principal actividad, que es facilitar el transporte de ayuda humanitaria y apoyar económicamente los proyectos de inversión y desarrollo en las zonas más desfavorecidas de los países de América Central y del Sur. Además, se ha incorporado una tarea de concienciación en esos mismos países y en otros del llamado primer mundo, pero siempre a través de las organizaciones con las que colaboramos. Tenemos numerosos contactos en la Iglesia Católica, Comunidades Judías, Iglesias Protestantes, etc. Como consecuencia de su frenética actividad por selvas y lugares inhóspitos, Marcial adquirió diversas enfermedades que minaron lentamente su salud hasta que el año pasado se agravaron y se lo llevaron a la tumba. Por expreso deseo suyo, le incineramos y arrojamos sus cenizas al mar. Fue entonces cuando decidimos cambiar el nombre a la Fundación y añadirle el de la persona que hizo posible su existencia".

Nuestro interlocutor quedó en silencio a la espera de que fuéramos capaces de digerir toda la historia que nos acababa de contar. Nuestros ojos estaban embargados por un mar de lágrimas que alternaban entre la tristeza y la alegría. Dándose cuenta de que nuestra voz se ahogaba en un silencioso lamento interior, decidió seguir contándonos qué hacía él allí.

– Poco tiempo después de confesar a mis superiores que era incapaz de dar con el destino final de Marcial y con el medio utilizado para huir, me invitaron a abandonar el puesto ofreciéndome un retiro en unas condiciones muy ventajosas. Cansado de la lucha de tantos años, entre decepciones por el poco aprecio hacia mi esfuerzo de toda una vida y esperanzado en el merecido descanso, decidí aceptar. Un día, cuando ya mi única tarea era leer, pasear y pescar, recibí una invitación de la Fundación para el Desarrollo de los Pueblos, de la que desconocía su existencia. Me pagaban el viaje y la estancia de una semana. Acepté. Cuando llegué a la isla, fue el mismo Marcial quien acudió a recogerme al aeropuerto. ¡Obvio decir cuales fueron mis sentimientos! Poco a poco me relató su aventura y todo lo que ahora ya sabéis. Decidí quedarme con él y echar una mano en lo que fuese preciso, pues nada me ataba a mi pasado, sin hijos, sin esposa, sin apenas familia y con escasos amigos, opté por dar un final feliz a mis devaneos existenciales. La idea era tan atractiva y absorbente que la hice mía y desde entonces no he parado de viajar y conseguir nuevas tareas para la Fundación de nuestro amigo Marcial. A su muerte, hice promesa de continuar su labor humanitaria hasta que las fuerzas me lo permitieran. Debo decir, que todos cuantos trabajamos aquí, así pensamos y prueba de ello es nuestra continua expansión. Cuento para ello con grandes colaboradores, especialmente uno, el actual Gerente.

El silencio volvió a inundar la habitación como una espesa nube de humo. Nuestros ojos se cruzaron cómplices de un mismo deseo callado. Debíamos acudir hasta el lecho eterno de nuestro amigo y unir nuestras manos en un homenaje de admiración a su persona y a su labor. Que él sintiera desde el infinito la fuerza de nuestros corazones, que siempre le apoyarían. Por la premura del tiempo, pues Lucas debía partir a un nuevo viaje a un país de América Central, decidimos que fuera al día siguiente.

Para relajar la tensión del momento, nos invitó a visitar al mencionado Gerente "un viejo conocido tuyo, Luis", dijo. Volvimos por el mismo pasillo parándonos a contemplar las imágenes, comentándolas con nuestro recién recuperado amigo. Lucas nos fue explicando orgulloso cada una. Marcial visitaba una zona en pleno desarrollo, Marcial recibía el agradecimiento de una comunidad indígena, Marcial posaba con los miembros de una determinada organización... y así sucesivamente. Tomamos el ascensor de nuevo hasta la segunda planta, donde un pasillo más corto, decorado de igual forma, nos condujo hasta una puerta presidida por el título "GERENTE". Al entrar descubrimos un despacho sobrio y perfectamente ordenado, más amplio que el que ocupaba Lucas, pero sin que nada desentonara de la sencillez del resto del edificio. Sobre las paredes colgaban recortes de prensa, enmarcados, sobre el robo que nuestro amigo cometió años atrás. Al fondo, sentado ante su mesa, un hombre levantó los ojos para ver quien entraba. Su asombro le hizo brincar sobre el sillón.

– ¡Luis Cuenca! –casi chilló. Un rosa apuntando en cada mejilla delataba su sorpresa, que no fue menor que la mía al reconocer en el enigmático personaje, de aspecto totalmente campechano y distendido, otrora de traje y corbata diario, al olvidado contumaz jefe odiado durante tantos años, que jamás esperaba tropezarme, y menos aquí, ni tampoco lo quería, pero cuyo camino se cruzaba de nuevo con el mío por designio del hado

maravilloso del destino, que todo lo complica y lo pervierte, y que nos vuelve micos en la inmensidad del mundo, nada menos que ¡don Rosendo Filter de Diéguez!.

De un salto se levantó, nos miró sorprendido a cada uno de los tres, que permanecimos atentos a su reacción, mientras Lucas sonreía como un niño malo que acababa de realizar una fechoría tan salada que sabe que no va a llevar el habitual castigo, sino una simpática reprimenda de su mamá. Su mano se estiró amablemente hacia mi, dudé en aceptarla, pero la carcajada del viejo ex policía me hizo sentirme seguro y la estreché un tanto agarrotado. Permanecí frío y atónito. Me miró fijamente a los ojos y me espetó un solitario, pero enérgico "¡perdón!" que me cayó como un jarro de agua helada. No comprendía, pero él sí. Añadió que era por los años pasados como mi superior en una actitud tan hostil y desconsiderada, lo cual hacía extensivo a todos los compañeros. Mi mujer vagaba volátil a mi lado sin saber qué hacer, pues, aunque no lo conocía físicamente, adivinó quién era al escuchar su largo nombre y las entrañas se le volvían huéspedes de la inquietud tantas veces conocida. Don Rosendo nos invitó a sentarnos y sin más comenzó el relato de su odisea.

– Cuando Marcial hizo lo que hizo, mi situación se deterioró progresivamente. Desde el mismo día en que lo descubrimos, supe que el final no podía ser otro que mi decapitación laboral, pues como responsable provincial, tendría que hacer frente a la acusación frontal sobre mi capacidad para dirigir al personal a mi cargo. Mi cabeza entonces ya no valía nada. El verdadero culpable no aparecía y debían elegir "un turco" al que cargarle la pena, para darle un castigo ejemplar. Optaron por *despedirme, pero adjuntando a mi currículum las notas más negativas posibles, en un vano intento por salvar su cuello a la vez, cosa que no les fue dado, gracias a Dios. Con tales informes me fue imposible encontrar ningún trabajo del nivel a que estaba acostumbrado. Perdí amigos, pues rechazaban mi compañía como si fuera un apestado, resultaba peligroso para su estabilidad profesional que me vieran junto a ellos. Dejé de acudir a la parroquia habitual los domingos, pues los vecinos que antes me saludaban cordialmente, ahora se hacían los despistados, incluso llegó el momento en que nadie me daba la Paz en la Misa, aparte de mi esposa. Al propio sacerdote le noté algo inquieto cuando me vio acudir dos tardes seguidas por los locales parroquiales. La compañía que buscaba me era negada de forma tajante. Los valores que cimentaban mis creencias religiosas y sociales se derrumbaban. Desistí de pedir ayuda a pesar de la necesidad de incrementar mis ingresos por desempleo, no podría aguantar mucho más, pasaba de un año ya en esta situación. Obtuve un pequeño alivio con trabajos esporádicos en contabilidades domésticas, que para que mi prestigio no disminuyese, hacía secretamente. Los ahorros y la desinversión de todos mis activos nos mantenían escasamente. Mis hijos también comenzaron a percibir la anómala situación en la actitud de sus compañeros de estudios y por el recorte del gasto en el hogar. Estaba desesperado. Justo al cumplirse año y medio del inicio de mi debacle, me llegó una oferta de la "Fundación para el Desarrollo de los Pueblos", en la que me invitaban a incorporarme al departamento de personal como adjunto al director. Dada mi angustiosa situación y a pesar de que significaba abandonar mi casa y familia, decidí probar suerte. Acepté el billete y la estancia pagada de una semana para mí y mi esposa."*

"Como podéis deducir, el nombre de la Fundación entonces no incluía el de Marcial, como ahora, del que se ha dotado tras su fallecimiento por acuerdo pleno de socios y trabajadores, se lo merecía; es por eso por lo que ni se me ocurrió pensar en nada relacionado con él. Una vez en la isla, a sabiendas de cuál sería mi función, opté por quedarme con la plaza, en espera de que el tiempo borrase el pasado y pudiera regresar. Mandé de vuelta a mi mujer para que estuviera con nuestros hijos y me establecí lo mejor que pude. Los cánones que tenía aprendidos para tratar al personal no servían en mi nuevo puesto, aquí no había una producción exactamente definida que obtener. Me sorprendía por todo, incluso de que hubiera gente ajena a la Fundación pululando por todas partes. Ávido de laureles que ganar a la vista de mi superior, que por otro lado estaba presto a retirarse según me confesó el primer día y quedarme con su puesto, indagué más allá de mi función, descubriendo grandes partidas de dinero que se recogían de España y se transferían a países de América del Sur y Central sin justificación aparente. Informé a mi director ufano de mi labor policial, en la creencia de que alguien estaba utilizando nuestra organización para su beneficio particular. Propio de su afable personalidad, me explicó que la Fundación tenía diversos cometidos, entre ellos, obtener financiación para proyectos humanitarios y facilitar la llegada de fondos económicos hasta ellos. Y aprovechando la ocasión, me expuso lo erróneo del trato que brindaba al personal, explicándome que todos allí éramos iguales para el objetivo de la Fundación, todos éramos voluntarios, aunque algunos cobrasen para poderse mantener, pero todos estábamos por vocación, por lo cual no hacían falta "jefes" vigilándonos. Luego, con una amplia sonrisa, me invitó a contárselo todo al Gerente, al cual no conocía en persona aún, pero que, sin embargo, sabía que se llamaba Marcial y que

todos en el lugar le llamaban "el españolito", lo que no relacioné con nuestro viejo amigo por lo que ya os he contado; sin embargo, me enojé en varias ocasiones, pues consideraba ese tratamiento tan familiar una falta de respeto, tal vez imputable a la diferentes costumbres del lugar, siempre y para mi sorpresa, mis reprimendas habían sido acogidas con un elevado tono de sorpresa".

"Cuando entré al despacho, orgulloso y altivo, el Gerente estaba vuelto de espaldas hablando por teléfono, su voz me resultó familiar. Invitado por el jefe de personal tomé asiento. Cuando nuestro interlocutor colgó el auricular y se volvió, mi corazón dio un vuelco como un caballo desbocado. A pesar de la sonrisa que iluminaba su semblante, mis nervios se desataron, no sabía qué hacer ni como reaccionar. En un tono pausado y benevolente, Marcial fue cambiando mi mentalidad adusta y ahora perpleja por un ímpetu nuevo y desconocido. Me aconsejó y me convenció. Me demostró qué razón tenía. Y acepté el reto del cambio. Desde entonces estoy aquí, cada día más integrado y comprometido con mi labor. Ni en sueños pienso en regresar".

Al día siguiente, acudimos a dar el debido adiós a nuestro común amigo, que finalmente había unido vidas tan dispares con su recuerdo. Con el ánimo remozado dedicamos el resto de los días que nos quedaban a conocer en profundidad la Fundación. Y establecimos un plan para desarrollar una labor de apoyo en una sucursal de futura apertura en nuestro país, concretamente en nuestro pueblo y que llevaría su nombre, lógicamente.

Por la ventanilla del avión vuelvo a encandilarme con la plasticidad de las nubes que pasan sobre el azul infinito, pero esta vez no devaneo melancólico la madeja de lo metafísico. Estoy de un humor endiabladamente bueno, con una ilusión por hacer cosas que me recuerda a mis impulsos de juventud. No me va a faltar tarea si quiero, la Fundación me ha dado nuevos bríos y el recuerdo de la generosidad infinita de Marcial me invade el ánimo. Sonrío al pensar en la incongruencia que significa el enfrentamiento entre la bondad de sus principios y la de los personajes que le mantenían apesadumbrado en un mundo hostil y teledirigido, precisamente el mismo sistema económico que le permitió desarrollar su fuerza con el dinero que les robó. Barajo la posibilidad de pedir que pongan el nombre de nuestro amigo a una calle del pueblo, para ello cuento con la complicidad de mis yernos, como políticos con influencia a nivel local. "No estaría mal que fuese precisamente la calle donde empezó la historia de Marcial, justo en la que se ubicaba la sucursal del banco donde trabajábamos", me apunta mi mujer y acepto el reto que me lanza ¡Sería paradójico!

La aeronave en la que regresamos aterrizará sobre el aeropuerto tas doce horas de viaje, luego tomaremos un modernísimo tren de alta velocidad, que nos pondrá en poco más de dos horas, en la ciudad que vio correr a Marcial de cajero en cajero un lejano día por última vez. Allí nos espera mi hijo pequeño en su coche nuevo, pagado con el sudor que regala a la empresa para la que trabaja, esa que absorbió a la que fue mi lugar de trabajo en un tiempo pasado y lejano. Nos llevará al pueblo querido de nuestros antepasados. ¡Cuántas cosas tendremos que contar a nuestras amistades! Mi mujer me sugiere que casi mejor me dedico a escribirlas como una novela, así de paso, mato el gusanillo del aburrimiento de la jubilación y hago algo de lo que siempre me gustó y nunca pude hacer por falta de tiempo: contar historias. Aunque en verdad ella no sabe que el relato ya está escrito.

FUNDACION MARCIAL SANCHEZ CAURA.
POR EL DESARROLLO DE LOS PUEBLOS.